ギード
メルン
ミーニャ
ラニア
登場人物紹介

ドリドン
エド

ジャムパンを一口食べる。

「いただきます」

「おーいしーい」

「美味しい、です」

どうやら好評のようで、
なにより、なにより。

異世界転生 スラム街からの成り上がり 1

~採取や猟をしてご飯食べてスローライフするんだ~

滝川海老郎 Takigawa Ebiro / イラスト：沖史慈宴

Contents

プロローグ

エドワード王暦四七二年四月五日、火曜日。


俺はエド、六歳。黒髪黒眼の痩《や》せっぽちだ。

ここトライエ都市の城壁外にあるスラム街に住んでいる。両親はもういない。父親は見たことがないし、母親は去年どこかへ消えた。もう死んでいるのかもしれない。

昼間のことだ。俺は仕事もなく道を歩いていたところ、小石に足を取られて転び、頭を打った。

「めちゃくちゃ痛《い》てぇえ」

しかし、その瞬間、過去の記憶が頭の中に流れていった。これは生まれる前、前世の記憶。

地球、日本、普通高校、どこにでもいる男子生徒、成績は普通、運動も普通。

「エド、大丈夫？」

「なんだ、これ……情報……」

「エド、どうしたの？」

「ああ、ミーニャか、なんでもない、大丈夫だよ」

頭がおかしくなったのかと、一瞬思ったが、記憶は鮮明だ。街、ビル、スズメ、車、バス、図書館、テレビ、女子高生、スカート、ニーソックス、絶対領域、生の太もも……。

おっといかん、意識がそれた。生まれてからここの生活の記憶しかなかったけど、前世の記憶を持ったことでスラム街の生活は最底辺だと思い知った。

「「ただいま」」

「おかえりなさい」

俺は家と呼ぶには、あまりに狭く粗末なあばら屋に住んでいる。壁はただの土壁でしかも屋根と壁の間に隙間《すきま》があり光が入ってくる。それでも壁があるだけこのスラム街の中ではマシだった。

俺の家にはミーニャの一家が前から居候している。ミーニャは俺と同じ六歳、それから母親と日雇いで働く父親がいる。ミーニャの一家は全員、金髪碧眼《へきがん》長耳、色白で痩せている。

食事の準備ができた。全員が車座になって座る。この狭い家にテーブルと椅子なんていう高価なものはない。床が土じゃなくて木製というだけでも、ありがたい。

「「いただきます」」

今日も夕ご飯は、イルク豆の水煮だ。莢《さや》はなく種子のみで、まん丸くて茶色い大豆みたいな豆だった。

うちには鍋と魔道コンロがある。俺の母親トマリアの置き土産だった。それすらない家も多い。そういう家は自炊すらできないので、割高の黒パンなどを買って食べている。

魔道具全盛の世界だ。薪《まき》で煮炊きをする家は皆無ではないが、薪集めのコストが割に合わない。もうこの辺に薪になりそうな乾燥した木なんて、ほとんど落ちていないからだ。

貧乏が貧乏を呼んでくる。悪循環だ。

イルク豆は少し芳《こう》ばしいような香りがあり、ほんの少しの甘味がある。煮るときに塩を少量入れるので、塩気もある。栄養価は高いのだろう。不味《まず》くはないが、美味《おい》しいと思ったこともない。

一週間のうち六日は、食事はほぼこれしかない。

塩は国内に岩塩の採掘場と塩田があるので比較的安価だ。助かる。

ミーニャの母親のメルンさんは料理は得意ではないらしい。というか生活はもう限界にきており、イルク豆を出すのが精一杯だった。

日曜日の夕ご飯は特別で、黒パンとイルク豆、それから三切れの干し肉を食べる。これを考えると、うちはまだ恵まれているほうかもしれない。

だから俺は無職にはどうでもいいのに曜日をちゃんと確認して、日曜日を忘れない。

「エド、おやすみなさい」

「ああおやすみ、ミーニャ」

「頭大丈夫？　痛くない？」

「ああ、大丈夫」

「よかった、にゃは」

俺に抱き着いて、寝るミーニャ。春の夜は暖かくなってきたといっても、少し寒い。

ミーニャの体は温かい。ミーニャはかわいい。痩せているのでわかりにくいけれど。

その顔は整っていて、前世の基準でいうなら美少女または美幼女に属する。

すぴーすぴーと寝息が聞こえてくる。俺も今日は寝よう、明日から忙しくなる。

一章　ラニエルダ。草原で野草とキノコ採取

水曜日。寝たのが早かったからか、朝、自然と目を覚ました。屋根と壁の隙間から光が差し込んでいる。光の角度は横向きだから、午前六時前くらいか。

「エドぉ、むにゃむにゃ」

「ああ」

「ご飯はまだですかぁ、にゃあ」

ミーニャは寝言を言っていた。まだ俺に抱き着いて寝ている。動かすのも可哀想《かわいそう》なので、そのまじっとしている。とにかく状況を整理して、予定を立てよう。

信用も何もないスラム街の子に仕事など、ほとんどもらえるはずもなく、いつもはスラム街を、たまに城壁内に行ってぶらぶらしたりするだけ。

城壁内では稀《まれ》に忙しい人に仕事をもらえることもある。例えば洗濯。大きな桶《おけ》に服を入れて井戸から水を汲《く》んできて入れる。石鹸《せっけん》があるときもあるが庶民は石鹸すら使わない。揉《も》んだり、こすったりして、ざぶざぶ洗う。量が多いと、思った以上に重労働だ。城壁内の一般家庭はスラム街に比べたら裕福なので、面倒だとスラム街の子にやらせることもある。

洗濯一回の賃金は銅貨三枚、三百円ぐらい。時間にして二時間ぐらい。しかしこの世界では一般家庭は毎日洗濯なんてしないので、たまにしか仕事はない。俺も洗濯で何回もお世話になった家が三軒ほどあり、顔も覚えてもらっているけど早い者勝ちで、他の子供に仕事を取られることのほうが多い。

銭貨が十円。銅貨が百円。半銀貨が五百円。銀貨が千円。金貨が一万円。物価が日本と違うので、概算でしかないが、おおむねこんな感じ。半銀貨は半分の銀と銅が含まれているというもので、大きさは同じぐらいだ。昔は大銅貨だったが大きくて邪魔なので、こうなったと聞く。

黒パンは一個で銅貨一枚、百円。高級ふわふわ白パンは一個で半銀貨一枚、五百円。

イルク豆はこの地域の特産品だが、貧民の食べ物として庶民でもあまり食べない。イルク豆の水煮は一食で五十円ぐらいだろうか、おそらく。イルク豆は大量に買えば安く買えるけど、そんなにお金もないし、大量に家に置いておけば強盗のリスクも高い。

ゴーン、ゴーン、ゴーンと教会の鐘が三回鳴る。三の刻だ。地球なら午前六時に当たる。

「むにゃむにゃ、あ、エド、おはよう～」

「ああ、おはよう、ミーニャ」

「えへへ、にゃはあ」

ミーニャは目をパチッと開けるとニコッと笑って、顔を俺の胸にぐいぐいこすりつけてくる。

非常になついていていて、かわいいけど、なんだか猫みたいだ。

もっとも猫耳族ではなく、金髪碧眼長耳からして「エルフに連なるもの」だと思う。エルフとは魔法に長《た》けた種族で、半分は伝説の存在。その純血種の力はものすごい、と聞いたことがある。

それで「エルフに連なるもの」っていうのは、そのエルフの血を受け継いだ、ハーフエルフと呼ばれる人たちのことだ。ただこの世界では種族間の子、ハーフはあまり歓迎されない雰囲気なので、このように呼びならわす。

ただ他の種族のハーフと違って、エルフのハーフは一種の憧れだった。エルフの知能が高く魔法も得意だけど高慢ちきというイメージからすると、ミーニャはちょっと違う感じがするが。


今日の予定はもう決めてある。俺はミーニャを意識して見つめ心の中で唱える。異世界の情報を思い出したときに、一緒に知識として流れ込んできた。

この世界には魔法がある。そして俺は『鑑定』魔法が使えると、直感で認識していた。

『鑑定』
【ミーニャ・ラトミニ・ネトカンネン・サルバキア
6歳　メス　B型　エルフ　Eランク
HP105／110　MP220／220
健康状態：B（痩せ気味）】

ふむ。自分も鑑定してみよう。

【エドモント・アリステア
6歳　オス　A型　人族　Eランク
HP145／150　MP176／180
健康状態：B（痩せ気味）】

あれ、俺にもミーニャにも、苗字《みょうじ》がある……。

聞いたことがない。あと俺はエドであってエドモントではない。いや、そういえば、エドモントだったような気がしてきた。みんなエドとしか言わないから忘れていたというか、母ちゃんそういう大事なことはちゃんと伝えてくれ。

もしかしなくても、俺はいいところの出なのでは。いやでも苗字くらいは、雑貨店のドリドンさんはじめ一定以上の身分の人なら誰でも名乗っている。意外な事実を知ってしまった。しかしこの生活には、まったく関係ない。それより今日の生活だ。この『鑑定』、それから前世知識。知識ったって大したことではないけど、ないよりマシだ。それを生かして『採取』をするぞ。

まだむにゃむにゃ寝ぼけてくっついてくるミーニャをどかして朝の支度を始める。

「エド、ミーニャ、朝ご飯にしましょう」

「「はーい」」

「いただきます」

ミーニャの父親は夜警に行っていて、まだ帰宅時間ではない。この夜警はスラム街の治安維持活動で、大人の男の持ち回りになっている。もちろんクソ安いが賃金は発生するので、みんな面倒だと思いながらも必要性も認識していて断れないでいる。

この活動をするようになってから、このスラム街の夜の治安はだいぶ良くなった。

街としての功績だ。スラム街だから全員貧乏だけど、それでも街としての体裁はある。

そもそも、このスラム街は八年前、隣の都市エルダニアがモンスターの大群、スタンピードに襲われて崩壊、そのときに逃れ出た避難民が移動してできた難民キャンプなのだ。

俺が生まれる前の話だから具体的なことは知らない。

歴史が浅い難民キャンプが街になり、そのまま定住した形になる。そしてトライエ市はそんな難民を街区に入れようとしなかったので、両者には少なからず軋轢《あつれき》がある。

『街中で仕事をもらうがトライエ市民は冷たい。我々は逃げてきたけどエルダニアの誇りがある』

ということになっている。いつかは崩壊したエルダニアに戻り、街を復興するつもりのようだ。

ただし俺の両親もミーニャの両親も、エルダニア出身ではないらしいと聞いた。

俺の母親トマリアとミーニャの一家もどこかから、ここへ流れてきたことだけは確かだ。

それにしても、いい加減この豆だけの食事も飽きた。

「ミーニャ、今日は採取に行くからな」

「え、あ、なに？　おままごと？」

「違うよ、食べ物を採ってくるんだ。自分たちの手で」

「まぁまぁ」

ミーニャの母親のメルンさんがおっとりと反応した。

スラム街には正式な名前はないが、通称ラニエルダと呼ばれている。ラニは古い言い方で「似ている、○○のようなもの」という意味だと思う。もちろんエルダニアのエルダだ。

「いっぱい採ってきてね。お昼はごちそうね」

「あ、うん」

俺は微妙な返事をする。難民は元都市の市民なので野草なんて食べたことがない人たちだ。

腹を限界まで空《す》かせたら草を食べることもあるが、非常に限定される。

それよりも変な草を食べて中《あた》る、つまり食中毒で下痢ピーになると、命にかかわるので、そういう冒険はしない。それなら多少不味くても、我慢してイルク豆を食べる、という認識が一般的だと思う。メルンさんもおままごとだと思っているんだろう、ちくしょう。

「ごちそうさまでした」

「ごちそうさまでした、にゃは」

不思議とこちらでも食後の挨拶は、手を合わせる。

「では行ってきます」

「あ、はい。行ってきます」

「はい、行ってらっしゃい」

ミーニャはもちろんついてくる。というか一年の九十九パーセントは俺の後ろをついて歩く。俺が親鳥でミーニャはヒヨコのようだ。どちらかというと子猫みたいだけど。

スラム街はそれほど大きくはない。城壁内に比べたら五分の一もないかな。こういう計算ができるようになったのは前世知識のおかげだろう。前だったら「ずっと小さい」としか言わないと思う。

スラム街の家並みを抜けると、すぐ草原になっている。この辺は切り株が見えており、荒れ地になっていて、草が生えまくっている。それから新しく細い低木もあちこちに生えている。

気になる植物を見つける。蔓性《つる》で丸い葉が左右に並んでいる。そして小さいが緑の莢が見える。

『鑑定』

【カラスノインゲン　植物　食用可】

前世ではカラスノエンドウだったたか。あれよりやや大きめだけど、豆の一種だ。

完全に同じであるとはいえないけど、食べられなくはない。ただし前世で食べたことはない。

「ほら、お豆だよ」

「うん、知ってる！　これも食べられるの？」

「そうみたいだね」

「ふーん、へんなの」

ミーニャが不思議そうに言う。

「なんで？」

「どうして、食べられるのに、みんな食べないの？　お腹空いてるのに」

「あぁ、それはね、その辺の草が食べられるって発想がないんだ」

「そうなんだぁ、でもエドは知ってるんだね」

「ま、まあ、俺だからな」

「うんっ、エドはえらいもん。私のヒーロー、救世主だもんね」

「ああ」

よくわからないがミーニャの中では俺はヒーローなのだ。

なんでも、屋根のある家もなく雨が降っていて寒かったときに、家に入れてくれたという救世主らしい。それ以来ミーニャはずっとうちにいる。三年前の話らしい。俺は当然覚えていない。

「生で食べられるのかな」

一つ手に取って猫か犬みたいに匂いを嗅ぐミーニャ。鼻をすんすんさせて、ちょっとかわいい。

「豆は火を通したほうがいい、と思う」

「そうなんだ、へぇ」

豆類には、名前は知らないけど人間には毒らしい物質が含まれていて、生で食べると下痢になったりするものもある。ここでは命取りだ。

インゲンも枝豆も確かに火を通す。他にもキノコなんかが生は危険な感じだ。

家から背負いバッグを持ってきたので採って歩く。カラスノインゲンは見分けやすい草なので、探すのも簡単だ。赤紫の花がそこかしこで咲いている。季節は春だった。

すでに緑の豆になっているものとまだ花のものが混在している。しばらくは楽しめそうだ。

一時間もしないで両手いっぱいのカラスノインゲンが手に入った。

「いっぱい採れたね」

「おう」

「美味しいといいね」

「そうだな」

さすがに味までは保証できない。


家に帰ってきた。お昼前だ。ちょうどいい時間だと思う。

「ただいま、メルンさん」

「おかえりなさい。いっぱい採れた？」

「ああ、豆なんだけどいいかな？　カラスノインゲンっていうんだけど」

「いいわよ」

メルンさんが調理してくれる。イルク豆を茹《ゆ》で終わった後、カラスノインゲンも緑の莢ごと少量の塩とお湯で茹でる。さながらスナップエンドウという感じ。

「なんか、青臭いっ！　でもいい匂いかも」

またミーニャが鼻をスンスンする。かわいい。イルク豆の深皿の上に茹でたインゲンものせる。

なおミーニャの父親は仕事に行っていて、お昼もいない。忙しいらしい。

「「いただきます」」

「うん、なんだか、美味しいような、気もするっ！」

「ああ、まああだな」

「なんだか懐かしい味がするわ。そういえば、昔は草もいっぱい食べたのよね。サラダとか」

「美味しいっ、食べたことがなくて新鮮だし、慣れてくると美味しいっ」

ミーニャがぴょんぴょん飛び跳ねて、よろこんでいた。

「それは、なにより」

カラスノインゲン、まああだけど、悪くはない。特に「イルク豆だけ」よりはずっといい。食事はバランスが大事なのは、前世知識では常識だった。野菜の摂取量が圧倒的に足りていない。だから痩せやすいし、病気になる人も多いんだと思う。

こうしてファーストアクションは大成功を収めた。


引き続き午後。またスラム街を抜けて草原にやってきた。俺たちの家はスラム街の中でも城門に近い、比較的いい場所にある。あとスライムトイレも近いのがいい。

この都市トライエは立派な城郭都市というもので、街区の周りには石壁がそびえ立っている。

しかしスラム街は城壁の外なので、壁がない。

ごく稀に、街の近くにも強いモンスターが襲ってくることがある。ここ一年は平和だったけど、いつまた出没するかはわからない。だから住めるなら城壁の中の街区のほうがいいに決まっていた。

お金ができて成り上がると、たいていの住民はトライエ市の中に移住する。しかし小金ができたくらいの人はエルダニア人の誇りでもって、意地でスラム街のラニエルダに住んでいる人もいる。

うちは貧乏だから住み続けているタイプだ。残念ながら、こういう人が一番多い。貧困から抜け出すのは難しい。

「午後はキノコを探そうと思う」

「キノコ!!」

「うん、キノコ」

スラム街はボロ家が多いので、中には家が腐りかけてキノコが生えていることもある。

だからミーニャもキノコは知っている。というか一度うちの柱にも生えていたことがある。

「キノコって美味しい?」

「ああ、だいたいは旨味《うまみ》が出るから、スープにするとうまい」

「へぇ、なんでそんなこと知ってるの?」

「俺はエドだからな、母ちゃんに昔聞いた」

「さすがエドっ!」

適当に誤魔化《ごまか》す。まだ鑑定魔法については、打ち明けていない。大丈夫かどうか判断できるだけの常識が俺にはない。スラム街で知識を得るのは非常に難しいのだ。

午前中に見た草原は昔、森の一部だったようだ。スラム街の家を建てるために木を伐採した。だから切り株がそのままになっている。そして切り株からは、キノコが生えることがよくある。

「いいかな?　切り株を中心に、キノコを探してね」

「わかったっ！」

「調べる前に触らないこと。見つけたら教えてね、食べられるか教えるから」

「うん！」

ミーニャと手分けをしてキノコを探す。合間にカラスノインゲンを採りつつも、キノ探しは続ける。

お、あった!!　茶色いシメジのようなキノコの株が、切り株の横から顔を出している。

『鑑定』

【エルダタケ　キノコ　食用可】

やった。食用可の表示が。しかしこれ、生でいけるか茹でるか焼くかわからないんだよね。

もしかして熟練度システムなのか。たくさん鑑定すれば情報が詳細になるとかいう。

色も食べられそうな普通のキノコだし、いけるだろう。

「エド！　エドちゃん！　キノコあったよ」

ミーニャの声が聞こえる。駆けつけると同じような茶色いキノコだった。念のため鑑定を掛ける。

【エルダタケ　キノコ　食用可】

同じだ。よかった。

「エルダタケだよ、食べられる」

「ほほう」

小さなキノコの株が採れた。一株で一人分くらいだろうか。あと二個くらいは採りたい。

ミーニャの父親ギードさんにも、たまにはキノコとか食べさせてあげたい。いつも日雇い中心だけど仕事を頑張っている。

母親のメルンさんは普段何しているんだろう。家にいるような気がする。

あ、でも、よく近所のおばさんと話をしたりしてる。何の報酬か知らないけど、イルク豆を分けてもらっているのも見たことがある。そういえば初級回復魔法ヒールを使えるんだった。きっとその報酬だろう。スラム街では初級でも貴重な治療術師だ。

また、キノコを探す。探す、探す、探す……。

「エド！　キノコ！」

ミーニャのほうへ行く。茶色いキノコだ。しかしよく見るとなんとなく違和感がある。

『鑑定』

【ドクエルダタケモドキ　キノコ　食用不可（強毒）】

おっと、これは。めっちゃ危険。キ・ケ・ン。危険が危ない。

「ミーニャ、これはドクエルダタケモドキだよ。似てるけど毒キノコだから、食べられない」

「えぇぇぇ、そんなあ」

「必ず俺に見せないとダメだよ」

「わかったっ！」

ミーニャはニコッと笑って返事する。素直な子はかわいい。

よく見るとドクエルダタケモドキは傘の裏、ヒダが黄色い。普通のエルダタケは白っぽい。微妙だけど確かに違う。

それからキノコ探しだけではもったいないので、草原で比較的判別が容易な草を鑑定する。

【タンポポ草　植物　食用可】

おっと、異世界にもタンポポがあるらしい。タンポポ草《ソウ》という、黄色い花が咲く植物の葉っぱを採取した。タンポポの葉っぱはサラダにしてもいけるはずだ。

「ミーニャ、これはタンポポ草だよ」

「タンポポ草？」

「うん。これはサラダでも食べられるから、両手一杯くらい採ってこよう」

「うんっ」

その後も歩いて回り、無事にエルダタケの小さな株を合計四株ゲットした。


家に帰って夕ご飯の支度だ。実際に料理をするのはメルンさんだけど。

イルク豆の水煮を作る。これは主食といってもいい。それから水にカラスノインゲン、エルダタケ、少量の塩を入れる。うま塩スープだ。

タンポポ草にも塩を振って、タンポポのサラダ。塩しかないけど、今は仕方がない。

このメンバーになってから、三品の料理は日曜日以外では珍しい。スープもサラダも母親トマリアがいなくなってから久しく見ていなかった。

「おいちぃいいいい」

ミーニャも絶賛である。

「うんうん、美味しい」

「本当、美味しいわ」

「今日は豪華だな。なにかあったのか？　美味しいじゃないか」

ギードさんも料理を褒めた。久しぶりに、食事らしい食事をした気がする。

お風呂というものはここにはない。体をお湯につけたタオルで拭く習慣もない。二週間に一回くらい川で水浴びをする。しかしやるのは昼間だった。

夜は夕方にご飯を食べたら、すぐに暗くなってくるので、暗闇になる前に布団にもぐる。

「おやすみなさい。今日のご飯、美味しかったね。特にキノコのスープ」

「ああ、おやすみ、ミーニャ」

「おやすみ、エド。んっ」

ちゅっとミーニャが軽く俺のほっぺにキスを落として、抱き着いて眠ってしまった。

親愛の証《あかし》なんだろうけど、元男子高校生としては、非常にドキドキする。

ミーニャの抱き心地は温かくて素晴らしく、俺もすぐに眠りに落ちた。

二章　ドリドン雑貨店。ミントとハーブティー販売

木曜日。転生、三日目。俺にくっついて寝ぼけているミーニャを見ながら目を覚ます。

今日も草原で野草を採ろうと思う。いろいろな種類を見つけて、食生活を豊かにするのだ。

ゴーン、ゴーン、ゴーン、朝六時、三の刻が来た。

「あ、おはよう、エド、むにゃむにゃ」

「おはよう、ミーニャ」

朝から笑顔がかわいい。癒《いや》される。

前世では俺は高校生だったけど、極めて目立たない存在で、友達と呼べる人は一人もいなかった。

親も朝早くて夜遅く、一緒に食事をとることも稀《まれ》だった。

そして俺んちは田舎で、小さい頃は休耕田とか耕作放棄地とかの空き地がたくさんあり、草原で遊んだ。それも幼馴染《おさななじみ》の女の子とだ。それでも中学に上がる前には疎遠になった。

甘酸っぱい思い出だけど、今はミーニャがいる。

「ミーニャ、今日も草原に行こっか？」

「うん。エドが行きたいっていうなら、マドルドでもラトアニアでも、どこへでもついてくよ」

それは怖い。マドルドは隣の国の名前だ。ラトアニアに至っては魔族の治める暗黒大陸だ。ちなみに、この国はメルリア王国という。公用語は大陸共通語と呼ばれている。特に言語そのものの名

前はない。しいて言えば「人間語」だろう。言語はわかるけど、文字は知らない。数字くらいは読める。人間が十本指だからか十進数だったから、転生知識で計算は余裕だ。

俺は冒険しに行きたいわけではなく、うまいもの食べて、平和に生活がしたい。

それともミーニャには遠くへ出かけたい願望でもあるのか。

「何かいい匂いとか特徴がある草を見つけたら、教えてくれ」

「わかったっ！」

ニコッと笑顔を向けてくるミーニャ。天使ちゃんは相変わらずかわいい。

俺もそれらしい草を探す。

目をつけたのは、深緑で十五センチほどある幅広の葉っぱが根元から放射状に伸びる草。

『鑑定』

【ホレン草　植物　食用可】

これはホウレンソウみたいな草、ホレン草《ソウ》。ただし野生種だ。

一口生でかじってみる。ちょっとだけ青臭いけれど、苦かったりめちゃくちゃ青臭いほどではない。これなら食べられそう。とりあえず、これを人数分は確保しよう。

「ミーニャ、この草わかる？」

「うん、見分けはつくよ」

「じゃあ、これも少し確保しておいて」

「わかったっ！」

次に見つけたのは単子葉類の草だ。細い筒状になった葉がまっすぐ長く伸びている。それがまとまって生えて株を作っていた。

『鑑定』

【ノビル　植物　食用可】

ノビルだ。河川敷とか空き地によく生えているネギの仲間だと思う。こいつは焼いて味噌《みそ》をつけて食べるとうまい。香味野菜の一種だと思う。

前世で幼馴染とおままごとをしたときも、よく採って遊んだ。

「いっしっし」

太い葉を選んで慎重に小枝で周りを掘り、根っこごと採る。葉の根元には直径一、二センチの球根がある。葉も食べられるが、この球根も食べると美味《おい》しい。ちなみに細い葉は球根も比例して小さいので、そのままにしておく。なんでもかんでもただ採ればいいというものではない。

ネギ臭い。だがそれがいい。今までの豆だけの食事と比べれば好ましい刺激臭だ。気分は上々だ。どうでもいいかもしれないがネギ類はヒガンバナ科らしい。ネギ、タマネギも犬猫には猛毒なのでそれらしいというか。もしかしたら、この独特な臭《にお》いは毒かもしれないと思うのは自然だと思う。

さて次に見つけたのは、じゃじゃーん。

やはり単子葉類、ネギより葉は厚め、色は濃い。チューリップまではいかないけど、球根部分はノビルと比べると太い。

『鑑定』

【ノニンニク　植物　食用可】

ニンニクの野生種だった。これは素晴らしい。塩味だけだったのが味が広がり、あとはトウガラシがあればペペロンチーノとかができる。豚肉のニンニク炒めとかも美味しい。

ニンニクは香味野菜というより香辛料に入るのかな。これがあるだけでも料理の強い味方だ。

「やったー、ほらよっと、ほらさっさ」

変な踊りをして、ニンニクの発見を大よろこびする。それくらいうれしい。欠点はノビルもノニンニクも臭いということだ。慣れていないと、きついかもしれない。

「ほら、ミーニャ、こっちがノビル、こっちがニンニク」

「なんかくちゃい」

「まあね、でも美味しいんだよ」

「ふーん。私、こんなの食べたことないよ」

「まあ、騙《だま》されたと思って。味は保証する」

「そこまで言うなら……」

次は何があるかな。狙って探すのは難しい。目についたものを、知識の中から、探り出す。

あ、これは。

見たことがある葉っぱだ。異世界でも同じとは限らないが、見たところ植生は非常に似ている。

『鑑定』

【スペアミント　植物　食用可】

日本語でいえば薄荷《はっか》の仲間だ。スペアミント、ペパーミント、アップルミントとかあるけれど、違いはよくわからない。とにかくこれは、スペアミント風ということだろう。紫蘇《しそ》の葉にも似ている。一本の茎があり、そこから双方向に葉っぱが生える。丸いギザギザした葉っぱで、葉脈が目立ってデコボコしているのが特徴だろうか。

スラム街ではお茶を飲む習慣がない。井戸が少なく、水を汲《く》んでくるのが面倒という理由もある。家には大きめの水瓶《みずがめ》があって、そこに水を溜《た》めて使っている。魔道コンロがない家なら、なおさらお湯を沸かすのは面倒だ。

メルンさんが近所のおばさんとお茶会とかしたいなら、いいかもしれない。試しに採っていってみよう。ミーニャと俺でそれなりに採って歩いた。今日も結構探し回ったのでなかなかに疲れた。早めに切り上げて戻ろう。俺は疲れてもいいがミーニャが心配だ。

別にミーニャは体が弱いわけではないけど俺より小さい。なんとなく弱そうな気がする。ＨＰも少なかったし。その代わりなのかエルフの血がなせるのか、ＭＰは多かった。

あと名前。ミーニャ、本名長すぎ。エルフ族は謎い。

引き続き木曜日、午後四時。家に戻ってきた。

「メルンさん、ただいま」

「ママただいま〜」

「あらおかえりなさい」

「おかえりなさいワン」

ミーニャの母親メルンさんは、近所の犬耳族のパトリシアおばさんと話していた。

「いろいろ採ってきたよ。まずは、はいこれ、スペアミント」

「ミントね。ミントなら知ってるわ。スーッとして気分が良くなるのよね、懐かしいわ」

「なるほど」

「お茶を淹《い》れるから、しばらく話を続けてて」

「そうね」

さすが謎が多いエルフのメルンさん。たぶんこの人、元は良いところのお嬢様なんだと思う。だから知識とかいろいろもってるはずなんだけど、世間知らずでもあって、料理を作る才能に乏しい。俺が指示すれば料理はできる。どんな料理かは知ってるのに、作り方は知らない、という感じがする。

鍋でお湯を沸かして、ミントのハーブティーを出す。

「いただくわ」

「いただくワンね」

「美味しいわ」

「美味しいワン、本当にスーッてするワンね」

犬耳族は頭に犬耳、お尻の上に犬尻尾が付いている以外は、ほとんど人族と同じだと思う。

肉が特に好きとかは、あるかもしれない。でも野菜がダメとかはないはず。

「これは、素晴らしいワン」

「ええ、そうね」

おばさんたちは、しばらくハーブティーを楽しんでいたが、大変好評だった。

「ねえあなたたち、そうこれよ、ミントティーだワン」

「なにが？」

「このミント、たくさん採ってこられるかしらワン」

「そこそこの量なら、採ってこられるよ。無限には無理だけど」

「私が仲介するワン。ドリドン雑貨店で売るワン」

「あーなるほどねぇ」

ドリドン雑貨店はこの辺の唯一といってもいいお店で、黒パン、イルク豆、干し肉、あと塩を売っている店だ。要するに俺たちの生命線でもある主食をメインで扱っているお店だ。それほど大きくないけどスラム街の家よりはよっぽど立派で、夜はちゃんと店の正面が閉じられる。

この地区では税金制度がないんだけど、ドリドン雑貨店の売り上げの一部を地区の財源に当てていて、自警団の給料も原資はここらしい。影響力はデカい。

そんな独占販売のお店に、俺たちが採ってきたミントなんか置いてくれるのかと思うけど、半分は子供の遊びだと思って、少しの期間は付き合ってくれるかもしれない。

あそこのおじさんとおばさんも俺とは知り合いだ。俺の母親トマリアとも非常に仲良くしていた。

「わかったよ。乾燥ミントでいいかな？」

「そうね。それがいいかもしれないワン」

「じゃあ、明日さっそく準備するよ」

「お願いワン。午前中に話しておくワン」

「お願いします。あ、小ビンとかないんで、小分けの入れ物は持参ってことで」

「そうね。他の商品と一緒ワン」

「そうそう」

量り売りは本来、錘《おもり》を細工したり計算を誤魔化《ごまか》すなどこの世界では詐欺の温床と思われているため嫌われている。しかし定量販売で使うビンは値段がそこそこする。ビンに詰めたものは、ビンのほうが中身より高いとかいうことになりかねない。そのためスラム街では安いものだと入れ物持参での量り売りが横行している。量り売りが可能なのはドリドンさんへの信頼によるところが大きい。

犬耳族のパトリシアおばさんとメルンさんの会話は長い。そしてどうもパトリシアさんは腰痛持ちらしく、いつもメルンさんに治療魔法を掛けてもらっている、ということだった。

街で施術してもらうと、値段が三倍はするらしいので、メルンさんには感謝しているとか。

ほら、もう夕方になりかかっている。そろそろ夕ご飯の準備をしないと。

「では、さようならワン」

パトリシアおばさんの時間泥棒め。

さて今晩の料理の内容を確認しよう。イルク豆とホレン草とカラスノインゲンのニンニク炒め。

ノビルの素焼き。塩を一振り。タンポポ草の生サラダ。こちらも塩を一振り。それからスペアミントのハーブティー。イルク豆の水煮だけに比べたら、ずっといい。

一度茹でたイルク豆とカラスノインゲンをホレン草と共に炒めて、ニンニクを入れると、匂いが一気に広がる。

「おお、今日はなんだか、いい匂いがするな。どれどれ」

日雇いの仕事から帰ってきたギードさんも気になるらしい。

「なにこれ！　なにこれ！　すごい匂い！」

ミーニャも大興奮。こら、そこの子犬。静かにしなさい。

ミーニャの大きな目がまん丸で、かわいい。

ノビルも焼くとネギかニンニク系の匂いがしてくる。量としては付け合わせレベルの少ないものだけど、ないよりは賑《にぎ》やかになるから、いいと思う。

「「いただきます」」

ぱく。

「んっ」

「お～いし～い」

「ああ、美味しいな」

「これも、美味しいわね」

みんなニンニク炒めも気に入ったようだ。よかったよかった。

こうして塩味以外の味付け、ニンニク炒めが我が家のメニューに加わった。

なお、ニンニクは日持ちするので、まだ採ってきた残りがそこそこある。

前世だとスラム街って、都市部なら壁にスプレーで落書きがあって、プラスチックやビニールのごみが散乱していて汚くて、野犬が徘徊《はいかい》しているようなイメージだ。

しかしここは家が粗末なことを除けば、だいたい綺麗《きれい》だったりする。まずプラスチック製品がないので、ごみがない。そして野犬もいない。スラム街では犬や猫がいたら食べられてしまうと聞いたことがある。俺は犬猫を食べたことがないので真相は知らないけど。

城壁内では、犬猫のペットも普通に歩いているので、その辺は治安と文化の違いなのだろう。

また、土むき出しかと思いきや、意外と隣家とは空間が少しだが空いていて、草が生えている。

ただ有用な草はほぼ生えていない。うちにも特に意味のない庭がある。そこにニンニクとノビル、ホレン草を植えようと思う。庭にあれば、採りに行かなくても済むし。

「ミーニャ、手伝って」

「はい、にゃんっ」

たまに猫耳族みたいに返事をする。気に入っているらしい。かわいい。

「ニンニクとノビルを植えます」

「植えるの！」

二人で家の裏にニンニクとノビルの余りを植えた。ニンニクは全部植えないで、家の中に残しておく。万が一、庭を掘り起こされて、全部盗まれたらショックだからだ。

ホレン草は葉っぱしか採ってこなかったので、植えられない。これはちょっとしくじった。タンポポ草も、特にこれは雑草なので植えるという考えがなかった。一部の葉っぱだけ採れば、また新しい葉が生えてくるからエコだとも思っていた。だから根っこごと採取していない。

まあいいか。タンポポ草はさすがに近所から全部なくなったりしないだろう。


金曜日。イルク豆とカラスノインゲンの水煮の朝ご飯を食べて、草原に向かう。

販売するミントティー用のスペアミントの収穫をしないと。

「にゃらん、ぽらん……らったらった、ららんらん」

今日もミーニャはご機嫌だ。最近、ご飯が少し豪華になったのが、うれしいのか、なんなのか。

振り返ってみると、だいたい一年の九割以上でミーニャはご機嫌だったか。

俺と一緒にいるのが大好きだからな。その代わり俺と完全に離れる必要が出てくると、だいたいは不機嫌になる、ということもあるが幸いなことにお子様には、そういう機会はほぼない。

これからが少し心配だ。俺離れができればいいんだけど。

スペアミントを収穫して歩く。

もちろん見つけたら、食べられる量の範囲で、タンポポ草、ホレン草なども採取する。

「また生えてたっ」

近くでミーニャの声がする。効率上、別々で採取はしているが、すぐに見える範囲にはいる。

これくらい離れているだけなら、俺と一緒にいるという認識のようだ。

今日はミーニャもバッグを装備している。父親のボロいおさがりだけど、大切に使っているバッグだ。ミーニャの数少ない私物の一つだったりもする。普段は入れるものがほとんどないんだけどね。俺には母親トマリアが置いていった背負いバッグと、それから銀のナイフがある。

『鑑定』

【ミスリルのナイフ　武器　良品】

このように表示された。銀ではなくミ、ミスリルだったのか。いや銀の一種がミスリルなのかもしれないが、詳細は不明だ。知識が足りない。伝説の魔法銀、もしや貴重品ではないのかこれ……。

道理で全然メンテナンスしなくても錆《さ》びないなとは思ってた。形見同然の品だ。大切に使おう。

スペアミントも識別しやすい見た目なので、採取ははかどった。

集中して作業すると慣れてきたこともあって、午前中だけで目標の山盛り一杯になった。

「よし、いいよう、終わりにしよう」

「はーい」

すぐ近くからミーニャがぶんぶん手を振っている。そんなにアピールしなくても、よく見えているって。かわいい笑顔が満開になっている。

『守りたい、この笑顔――交通安全週間』

なんか微妙な標語が頭の中を通過していったけど、気にしてはいけない。

ちなみにこの世界でも、馬車に轢《ひ》かれるなどの交通事故は発生しているので、街中や街道を歩くときは注意がいる。特に歩道という概念はないが、馬車が通過するときは端に寄ったほうがいい。

歩車分離ではないので、馬車がたまたまこちらに寄って走っていると危険だ。

スラム街では馬車が通れないので、そういう意味では安全だ。治安そのものはそれほどよくないけど。

「ただいま戻りました」

「ママ、ただいまあ」

「まあ、おかえりなさい」

さてお昼にしよう。今日のお昼のメニューは、イルク豆とホレン草の水煮、タンポポサラダ。

ミントの収穫に全力を出したので、新しい美味しいものはない。

豆にホレン草が加わって、ちょっと味の変化があるだけでもうれしい。あとタンポポサラダで口直しもできる。やっぱり豆だけというのはこたえる。

ご飯を食べ終わり、午後は乾燥ハーブにする作業をする。

なるべく綺麗な毛布を一枚、出してきて庭に敷く。そこにスペアミントを広げて置いていく。

「わわ、なるほどぉ」

俺がバッグを振りながらパラパラと落としていると、その作業にミーニャが感心するように、声を上げた。そんな反応されると、得意になってしまいそう。

鳥とか強盗とかに盗まれないように見張りつつ、乾燥具合を見守る。

「わはあ、眠くなってきちゃった」

「そうだな」

「ちょっとお膝、借りるね」

「ちょい」

「むにゃむにゃ、エドぉ」

俺の膝に頭をのせて、ミーニャがあっという間に寝息を立て始める。一瞬だ。普段の行動よりもずっと素早かった。なんてやつだ。

なんとなくハーブの匂いも漂っていて、そして春の日差しでぽかぽかしている。確かにこれ以上の気持ちのいい春の陽気はないかもしれない。

そっとミーニャの金髪を撫《な》でる。髪の毛が非常に細い。繊細で、とても綺麗だ。芸術的だとも思う。まるで地上に降りてきた天使のよう。この世界では、天使も幻想の生き物ではないらしい。そんな考えに、自分らしくないとぷっと笑いそうになる。

「ミーニャはね、エドのお嫁さんになる、むにゃむにゃ」

そんなこと考えてるのか、ほほう。

ミーニャは髪の毛を大切にしていて、毎日のように櫛《くし》で梳《と》かしている。やっぱり小さくても女の子だ。その櫛は母親と共有だけれど、前世では当たり前の歯の細かい櫛も、この世界では思った以上に値段が張るのを知っている。たぶん、銀貨十枚、すなわち金貨一枚ぐらいする高級品だ。

基本的に貧民は髪の毛を伸ばさない。女性でも肩ぐらいまでが限界だけど、ミーニャのそれは背中ぐらいまである。自慢の一つだし、近所の男の子も女の子も、それを羨《うらや》ましく見つめているのを知っている。この世界では髪の毛を伸ばすのは贅沢《ぜいたく》なことなのだ。

それを食事も満足にできないのに、頑張って維持しているミーニャは尊敬に値する。

どう考えても長髪は面倒くさい。


ミーニャは夕方近くまで、ぐっすりお眠りになられた。俺はその間、足が痺《しび》れそうになっていたけど、我慢したよ。褒めてくれ。かわいいミーニャのすやすや眠る顔を見たら、とても動けなかったんだ。


無事に乾燥ハーブは完成して、それを持ってドリドン雑貨店に向かった。

「ドリドンさん、ハーブ持ってきました」

「おお、エド、元気か？　どれ見せてみ」

「はい」

バッグに詰めたハーブを見せる。緊張の一瞬だ。

「うん、乾燥してても匂いはするね。いいんじゃないかな？」

「ありがとうございます」

「料金は後払いになるけど、いいんだよね？」

「はい」

そういう話にしてあった。最初は信用がないから、置いてもらうためにはこちらが譲歩すべきだ。こういう考え方ができるのは前世の知識も役に立っている。すでに場所が確保してあり商品置き場の真ん中に空きがあった。そこにハーブを山盛りにしたザルを置くと、ドリドンさんがささっと値

段をつけて、ディスプレイしてくれる。

『ほりゃららら　二百ダリル』

文字が読めないが何か書いてある。おそらく「ハーブティー」とか書いてあるはず。

ダリルがこの国の通貨単位だ。おそらく小ビン一杯で二百ダリルの銅貨二枚、二百円相当だと思う。

まあ、悪い値付けではないと思う。知らんけど。

「では、よろしくお願いします」

「はいよ。売れるといいな」

「ありがとうございます」

俺は再び頭を下げて、お店を後にする。ミーニャも俺に倣って、同じように頭を下げてくれた。

「いやあミーニャちゃんにまで頭さげられちゃ、おじさん頑張って売るぞ」

「はい、お願いしますね」

かわいい、かわいいミーニャに邪気が一切ないお願いをされたら、断れる人なんていないね。

ミーニャの『お願い』は、すごく効く。


日曜日。スラム街だからといって、全員が単価五十円の豆生活なわけではない。

もう少し裕福な人は多い。

このスラム街そのものが誕生して八年。まだ代々スラム街生まれで、スラム街が骨の髄まで染みついている、という人はいないのだ。だから元はそこそこ以上の生活をしていた人も多い。スラム街に移住当初は極貧でも、この八年で当初より余裕が出てきた人もいる。ということでミントティーはかなりの好評だった。

山のようなミントティーの乾燥茶葉は、販売から三日目の今日、全部売れてしまった。

もちろん、俺たちは一日目、二日目と夕方に売れ具合を見に行き、追加生産を決めた。

だから毎日の分だけのホレン草、カラスノインゲン、タンポポ草を採りつつ、ミントの採取をすることにした。

エルダタケも二株だけど見つかった。

スラム街はそこまで規模が大きくないので、人気になったとしても、たかが知れている。

やはりザルに山盛り一杯分を採取して、夕方前に納品した。それから売上金をもらった。

山盛り一杯で小ビン二十五本になった。合計で五千ダリル。お店の手数料二十パーセントを引いて――四千ダリル。

乾燥ハーブティー、銀貨四枚。俺たちの採取による初収入だった。

日雇いだと収入のいい日でも銀貨一枚もいかないくらいだから、単価でいえば、かなりいい。

洗濯は銅貨三枚だったし、少ない日はそれくらい。さらに仕事が丸々ない収入ゼロの日もある。

上々ではなかろうか。素晴らしい。

「やったね、ミーニャ」

「うん、やった、やった。お金もらえたね。エドえらい」

「ふはははは」

お金を手に入れると、人が変わるという。俺たちは臨時収入を得て、有頂天だった。

「ドリドンさん、干し肉ください。銀貨一枚分」

「はいよ」

干し肉を買った。干し肉三枚で銅貨一枚くらい。黒パン一個分だ。

だから干し肉を三十枚買えた。よし、今夜は干し肉で豪華な食事だ。

「「ただいま」」

「おかえりなさい」

「銀貨四枚になったよ、銀貨一枚は干し肉にしてきた」

「まあ、それじゃあ今日の夕飯は干し肉ね」

「うん」

「ほう、すごいじゃないか」

ギードさんも褒めてくれた。


今日は日曜日だ。ということで今晩のメニュー。

日曜日だからまず黒パン、一人一個。

イルク豆とカラスノインゲンのニンニク炒め。干し肉とエルダタケとホレン草の、うま塩スープ。

タンポポサラダ、ほんの少し干し肉を散らす。それからハーブティー。

料理もできて全員が車座になって木の床に座る。

日曜日は特別だ。教会に行かない代わりに、夕ご飯前に祈りを捧《ささ》げる。

食事が豪華なのは、本来は神に捧げるためにあるからだ。

メルンさんが両手を合わせて、幹事を務める。

「ラファリエール様へ、日々の感謝を捧げます」

「『毎日、見守ってくださり、ありがとうございます。メルエシール・ラ・ブラエル』」

意味はよくわからない。たぶん、古語で「聖なる神へ感謝します」だと思う。

自信はないけど、以前に母親がそう言っていたと、おぼろげながら記憶がある。

「よし食べるぞ」

「うまうま」

「美味しいぃ」

「美味しいわ」

「うまい、うまいぞ」

ギードおじさんはホクホク顔。メルンおばさんはニコニコ笑顔。そしてミーニャは満面の笑みで、バクバク食べている。

特に肉とキノコの出汁《だし》が出たスープは絶品だった。ニンニク炒めもうまい。タンポポサラダに小さくちぎった干し肉を入れると、アクセントになっていい。

ちょっとしたことが美味しさにつながってくる。久しぶりに豪華な食事になった。

いつもの日曜日は一人干し肉三枚をそのままかじっていたけど、調理するのも美味しい。

もちろんそのまま食べるのも捨てがたい。

三十枚、全部使いきったわけではなく、しっかり残してある。元々食べる分の干し肉が一人三枚ずつで十二枚あったから、それに追加した。残りは二十枚。それから銀貨三枚。

そしてミントはまたお店に出したから、その売り上げが入る予定となっている。

「今日も美味しかった。おやすみなさい、エド、んっ」

今日もミーニャが抱き着いてきて、ちゅっとほっぺにキスすると、寝る体勢に入った。

ミーニャを抱き枕として抱えつつ、俺も横になる。

しかし考えなければならない課題もある。まず、このままミントを採り続けると、採りつくしてしまう危険性がある。今のところは大丈夫だけど、この草原はスラム街の人が木を切った範囲だけだから、それほど広いわけではない。

それから模倣品の販売。ライバル店だ。スラム街の城門付近の地区ではドリドン雑貨店しかないけど、先の地区にはミランダ雑貨店もある。

ハーブティーとして売っているので、元の草くらいは判別がつきそうだ。そうなると、同じように草原で採って売る人が出てくるかもしれない。

自家用にする人はいいとしよう。

実際問題、時間と手間を考えれば、自家用に自分で採るより買ったほうがコスパはいい。

他には、すでに飲んだ人の中には、あまり好みではなかったという人も少なからずいる。どうも、スーッとするのが苦手のようだ。実はこれには腹案がある。

それにしても、干し肉とキノコたっぷりのスープは絶品だった。おそらく旨味《うまみ》成分の相乗効果というものだと思う。恨むべくは、どちらも今のところ貴重品だということだ。

特にキノコは都市内でもまったく流通していない、と思う。見たことがない。おそらくドクエルダタケモドキと混同した結果、毒キノコであると思われているのだろう。

そりゃあ茶色いキノコを食べたら腹が痛くなったたっていう体験をすれば、そう判断するほかないと思う。

ところでギードさんは、イルク豆の一食分五十ダリル×四人×三回の六百ダリル／日も稼いでこないのだろうか。日曜日の食事や塩、その他の代金も含めると千ダリル／日くらいか。

仕事自体は結構しているふうに見受けられるんだけど、効率の悪い仕事についているのか、借金があるのか。それとも何か特殊な事情があって、ここに隠れ住んでいるのか。

明日の朝にでも、聞いてみるかな。俺も寝よう。

月曜日。また鐘が鳴る前に目が覚めた。

「エドぉ、むにゃむにゃ」

相変わらずミーニャは寝言を言っている。主に俺関連の。

ゴーン、ゴーン、ゴーン、と鐘が鳴る。三の刻だ。驚いた鳩《はと》が飛んでいき羽ばたく音がする。

夜中の零時から数えて、午前二時が一の刻、午前四時が二の刻と呼ばれる。鐘が鳴るのは午前六時の三の刻、三の鐘から午後六時までで、夜中は鳴らない。お昼が六の刻で六回鳴る。次の午後二時が鐘の数は一回に戻り、一の鐘だけど七の刻と呼ばれている。夕方の午後六時が九の刻で鐘の数は三回だ。

つまり表にするとこんな感じ。

午前二時　一の刻
午前四時　二の刻
午前六時　三の刻　三の鐘
午前八時　四の刻　四の鐘
午前十時　五の刻　五の鐘
正午十二時　六の刻　六の鐘
午後二時　七の刻　一の鐘
午後四時　八の刻　二の鐘
午後六時　九の刻　三の鐘（二回目）
午後八時　十の刻
午後十時　十一の刻
午後十二時　十二の刻　（日付変更）

「あ、朝だぁ、エド、おはよぅ」

「ああ、おはよう、ミーニャ」

「うん、にへぇ」

顔をゆるゆるにすると、ガバッと抱き着いてくる。

「んふんん、エド、すきぃ〜」

まだ寝ぼけているらしい。甘えまくってくる。まあかわいいからいいけどねっ。

甘えん坊タイムが終わると俺は起きる。

スラム街の家に個室があるはずもなく、衣食住を一部屋で過ごす。隅にキッチンスペースが別に作ってあるだけだ。四人で雑魚寝しかできない。

適当に手櫛で髪の毛を整える。ちょっと絡まってるところがある。

水瓶から柄杓《ひしゃく》で水を掬《すく》って、ちょろっと外へ出て顔を洗って終わりだ。

なお自分の顔を鏡で見たことはないので、前世に似ているか、それともイケメンなのかは知らない。髪の毛は黒で、瞳も見たことはないが黒だと思う。黒髪黒眼は大変珍しくて、このスラム街で同じ特徴の人には会ったことがない。

ついでにいえば異世界風の「魔素占い」という一部の宗教風な考えによれば、黒髪黒眼は「呪われている忌み子」だそうだ。だから同年代の子はほとんど俺に近寄ってこない。

ただ、幸いなのは大人たちはこの魔素占いを、これっぽちも信じていないので、他の人と同様に差別なく接してくれる。ようは連綿と子供の間に受け継がれる、よくわからない、遊びの一種だ。

服については、着替えはない。着たきりスズメなのである。

男の子は雑な作りのシャツと七分丈のズボンだ。女の子は膝丈のワンピースとなっている。色は茶色。

元々は薄茶だったんだろうけど、着っぱなしのせいか濃くなっている。

身長が伸びて入らなくなると、ドリドン雑貨店に買い取りに出して、中古のおさがりを買う仕組みだ。

靴はたぶんゴブリンのシンプルな革製。靴底は木でできているから、滑りやすい。

世の男性たち、聞いて驚け「おぱんつ」は存在する。かぼちゃではない。女の子はワンピースの下はノーパンではない。ちゃんとパンツを穿《は》いている。パンツは現代のものに近い形状で、男子はトランクス風、女子はゴムがなくて紐《ひも》パンになっている。紐パンですってよ。

男子はパンツも替えないが、女子はいつの間にか毎日パンツだけは交換しているらしい、と聞く。

ミーニャも俺が外にある共同のスライムトイレに行っている間に穿き替えていると、最近悟った。替えのパンツは俺たちが遊んでいる間に、メルンさんが洗濯して陰干ししている。

スライムトイレとはスライムによる完全循環式エコトイレで、地区に何か所か設置されている。

増えたスライムは錬金術の材料として、売れるらしい。何の製品になるかは知らない。

スラム街では個人でトイレを持っている人はまずいない。

だから排泄物《はいせつぶつ》による汚染はほぼない。ビバ異世界の謎技術。

「ところで、ギードさん」

「なんだいエド君」

「ギードさんって普段かなり仕事をしていると思うんだけど」

「まあ、そうだね」

「その仕事、一日で千ダリル以上は稼げているんですか？　うちってかなり貧乏じゃないですか」

「うーん、実はね」

「はい」

「僕、仕事に向いていないのかな、ミスとかも多くて、いつも雑用の下働きしかさせてもらえなくてね、それで一日ちょうど千ダリルって感じなんだ。同じ仕事はしてても、日雇い扱いなんだ」

「そうだったんですか」

「はい」

日雇いは雇用契約ではないので、福利厚生とかもない。

この世界には元々、福利厚生の制度なんてないかもしれないけど、定職ならもっとお賃金がもらえる。

「それから、実は、これでも隠れ住んでいる身なもので、それに世間知らずだし」

「ほーん」

やっぱり何やらあるんですね。

「エド君も、ここ最近稼いできてくれるし、いざとなったら、このナイフとか売ればいいから」

そう言ってナイフを見せてくれる。

【ミスリルのナイフ　武器　良品】

あれ、なんかこれ既視感が。俺も懐からミスリルのナイフを取り出して見比べる。

なんだこれ、そっくりだ。

「おお、エド君、きみは一体……」

「これは母のでして」

「ああ、トマリアの……」

そう言うとギードさんは一度目をつぶり、空中に聖印を切る。

確証はないけど、死んだわけじゃない。「旅を無事に」という意味だろう。

「これは懇意にしているドワーフのナイフでね。エルフ族の親愛の証《あかし》だ」

「こっちのもですか？」

「そう、だと思う。つまり僕たちには、遠からず何か関係があるのだと」

「そうなんですか、まあ知らないことは、わからないですね」

「そうだね」

「ちなみにコレ、いくらで売れるんですか？」

「そうだな、金貨三十枚、ぐらいかな」

金貨三十枚、三十万円か。

日本とはお金の価値が違うから、三十万円といっても、よくわからないわけだけど。

「大切にするように、それから、決して売らないこと」

「ああ、売ることはできるけど、売ってはダメなんですね」

「そうだ。財産が認められない奴隷に落とされるなら売ったほうがいいかもしれないが、それ以外は、あまりおすすめしない」

「わかりました」

奴隷には借金奴隷、犯罪奴隷、戦争奴隷、法律上グレーな奴隷狩りの奴隷などがある。

犯罪奴隷も罪が軽いなら大金を出せば解放される。

ここのスラム街では奴隷狩りは、最初の頃はあったらしいが、最近は聞かない。

「ちなみにですが、ギードさんって手先は器用ですよね」

「そりゃあね、エルフだから、それなりには」

「あはは、そうですよね」

腹案がある。下働きの肉体労働とかより、このエルフのおじさんは痩せてるし器用だったから、そっちのほうがいい。

閑話　ミーニャと救世主

「おはよう、エドぉ」

「ああ、おはよう、ミーニャ」

毎朝起きると、そこにはエドがいる。エドは私の大好きな人だ。

昔、私はまだ小さかったからよくわからなかったんだけど、おうちのある領地を追われて逃げてきたことがある。

親戚のエルフのお姉さんたちとお別れして必死に馬車に乗った。

馬車の荷台にギードお父さんとメルンお母さんと一緒に乗せられて何日も移動した。

高い山の峠を越えたことはなんとなく覚えている。

その後は森の中を数日間走り続けることになったんだと思う。

そして馬車からはトライエ市の手前で降ろされた。今住んでいるラニエルダのスラム街だ。

しかし外はザンザン降りの雨だったのだ。

当てもなく住めそうな家を探してスラム街の道を歩き回ったのだけど、雨で道には水が流れていて靴の中に入ってくる。

水嵩《みずかさ》は次第に増してきて、そのうち流されてしまうんじゃないかと思ったくらいだった。

私たち親子はびしょびしょで行くところがなかった。

そうしてたどり着いたのがエドの家の前だった。そこで歩くのをやめ立ち止まっていた。

どうすることもできなかったから。

不安でいっぱいで、どうしたらいいかわからなかった。

そんなときだ。

「どうしたの？　大丈夫？」

あばら屋だったけど、家の中から人が出てきて声をかけてくれた。

――それが黒髪のエド。私には『救世主』に見えた。

屋根のある家の中へ入れてくれた。こうして雨を避けられて、やっと一息つけたんだ。

エドは何回も私に声をかけてくれて、タオルを出して全身を拭いてくれた。

家の中は暖かくて涙が出そうだったのも覚えている。

馬車に長時間揺られてきて、私たちはもう疲れ切っていたから、どんなにありがたかったか。


それから一緒に住んでいいと言ってくれたのだ。

エドは毎日私のことを優しく気にかけてくれていた。

だから私はエドのことがますます好きになった。エドは私の一番大切な友達、ううん、家族になった。

寝るときも一緒だし、どこへ行くのも一緒。

私は頑張ってエドの後をついて歩いた。決して置いていかれないように。

そんなある日、エドが転んで頭を打った。びっくりしたけど、大丈夫ではあったみたい。

でもそれからエドはなんだか雰囲気が少し変わった。

ちょっとだけ大人っぽくなったのだ。頼れるお兄ちゃんみたいで私はうれしかった。

いきなり草を食べると言い出してハラハラしたけれど、草もキノコも美味《おい》しかった。

びっくりした。

みんな毒があるものもあるって知っているから、怖くて草原の草木を採ったりしないのだ。

でもエドは知識があれば平気だって言っていた。

みんなにはない、食べられるものがわかる知識を教えてもらっていたんだって。

私はすっごく、エドを尊敬した。


エドはいつだって私の立派なお兄ちゃんなのだ。

大好きなエドちゃん。

一緒に寝ると布団も温かい。安心して寝ていられる。

その背中はまだ小さいけれど、私にはとても大きく見えた。

三章　エクシス森林。ムラサキキノコとゴブリン

さて、今日は草原よりは、ほんのちょっぴし危険だけど、エクシス森林、通称〝森〟へ行こう。

貴族街↓平民街↓城壁↓スラム街↓草原↓森
位置関係はこういうふうになっている。

森は俺たちの生活圏ではないので、ほとんど行ったことがない。

しかし俺の母親はちょっと変わっているらしく、俺を十回ほど森に連れていって、指導をしたことがある。もちろんミーニャも一緒だった。だから俺はスラム街育ちの中では森に詳しいと思う。

さて今日は少しパーティーメンバーに不安があるので、一人増員しようと思う。

俺は魔素占いにより嫌われているが、友達ゼロ人ではない。

スラム街の外壁ぎりぎりを歩いてすぐのところに、彼女の家はある。

「おーい、ラニア、ラニアいる？」

「はーい。あらあら、エド君、久しぶり、最近遊んでくれないから」

「いやちょっと、忙しくて」

「そうなんですね」

「それで、君の力が必要になった。今回の任務は『森』だ」

「森？　森に行きたいの？　じゃあ私も必要ですね」

「そういうことだ」

青髪青眼、肩までのストレートの美少女、ラニア、五歳。

いや、ついこの前誕生日で今は同じ六歳かな。冬生まれだ。

誰かさんのように、抱き着くわけではなく、ハイタッチを交わす。

基本は女の子らしいが、知性があり、ちょっとだけ冒険家のような逞《たくま》しさがある。そんな子だ。

せっかくだから、鑑定しておこう。

『鑑定』

【ラニア・エスフィス

　6歳　メス　O型　マギ族　Eランク

　HP150／155　MP155／160

　健康状態：B（痩せ気味）】

おお、おまえもか。痩せ気味なんですね。それ以外に特徴はない。

いやいやいや、スルーしそうになったけど人族じゃなくて、マギ族じゃん。マギ族。

攻撃魔法を得意とする、魔族とのハーフなのではとかいわれている、マギ族。

実際には魔族ではないらしいけれど、ちょっと恐れられて避けられているのは本当だと思う。

見た目ほぼ人族との違いはわからんから、こういう鑑定とかでないと区別はつかない。

あーね、すべてそれで説明できるね。

「攻撃魔法なら、私に任せてくださいっ。ゴブリンなら一撃だし」

「おっおう、ばしっとやっちゃってくれ」

「そうね。私たち最強ですもんね」

「そうだ、そうだな」

「あばばば、紅蓮《ぐれん》の炎で焼き尽くしてくれるわ」

そういう子だ。こいつは魔法師というやつだ。

メルンさんが治療師、ミーニャもその血なら白魔法師、ラニアはその対極の黒魔法師。

「むぅ、エドのバカ」

ちなみにラニアと俺が会話で盛り上がっていると、たいていミーニャの機嫌にややトゲが見える。

不機嫌まではいかないけど、嫉妬《しっと》だわな、嫉妬。

小さくても嫉妬しまくりんぐ。わかりやすい。

でもラニアがべたべたして甘えてくるタイプじゃなくてよかった。

そんな行動されたら、ミーニャが爆発しちゃう。白魔法師とか天使とかいうけど、その実、メイスで撲殺するのが、ヒーラーというものだし。

血を見たくない、気をつけよう。

でも残念ながら、ミーニャちゃんはまだ白魔法に目覚めていない。

「さて、森へ出発します。点呼確認。一番、エド、準備よし、次っ」

「はいはいはい、二番、ミーニャ、準備よし、次っ」

「さ、三番……ラニア、準備よし、ですよ」

「はーい、ありがとうございます。では出発です」

スラム街を並んで進んでいく。縦に並ぶと、ＲＰＧをプレイしているみたいに、マップチップ上を移動するキャラを思い浮かべてしまう。

勇者、ヒーラー、魔法師。いいバランスだ。

ただしヒーラーはヒールが使えない！

黒、金、青が並んで歩く。

スラム街を抜けた。家がなくなり切り株の並ぶ草原に出る。見通しがいい。

目的地はここではないけど、今日もいいものがあったら採って歩こう。

背負いバッグも装備している。特に食用キノコが欲しい。

「救世主様、左方向、毒キノコ発見！」

ヒーラーのミーニャがびしっと指を差す。確かに禍々《まがまが》しい紫の十センチサイズのキノコが、切り株に寄り添うように生えている。それにしても救世主様はやめてくれ、恥ずかしい。

「どれどれ」

『鑑定』

俺は興味本位で鑑定を掛ける。

【ムラサキメルリアタケ　キノコ　食用可（美味）】

!!??

見たか。俺ははっきり見た。「美味」って書いてある。初めてだ。

「おい、青娘と金娘」

「あおむすめ……」

「きんむすめ……」

「これ、食べられる。しかも、うまいらしい」

「「ええぇぇ」」

衝撃の事実だろう。

「持って、帰りますか？」

恐る恐るラニアが聞いてくる。その顔には「本当に食べるのかしら」と書いてある。

「もち、食べよう。お昼に使おう。それまでに探索だ」

「えええぇぇぇ」

「ラニアちゃん、あのね、エドは天才だから、大丈夫だよ……たぶん」

「たぶん……」

そこはかとない不安に顔を青くするラニア。

鑑定は嘘《うそ》つかない。生で食えるかまでわからないけど、嘘をつかれたことはない。

転生神のアカシックレコードに嘘は書かれていない、俺は神様を信じている。

せっかく転生したんだし、まだ死にたくない。

信じてるからな、神様、頼んだよ。

今日の分のカラスノインゲン、ホレン草《ソウ》、タンポポ草も無事採取した。

ラニアは少し不思議な顔をしていた。

顔には、今度は「こんな草どうするのでしょうか」と書いてある。ラニアの顔はわかりやすい。


森と草原の境界にたどり着いた。

「いよいよ森だ」

「ええ、腕が鳴ります」

「私、後ろからついていくね。絶対、置いていかないでね」

ミーニャは以前、森に行ったときに迷子になりかけたことがある。それを思い出したのだろう。

あれはミーニャが妖精を見たとか言って、ぼーっとしていたのが悪い。

「エルフに連なるもの」のミーニャに妖精が見えるのは、本当かもしれないけど。

「妖精いるといいな」

「そうね」

「うっ、うん……」

軽くおちょくっておこう。忠告にもなるし、今度はよそ見ばかりはしないと思う。

「ラファリエール様、私たちをお守りください」

思いのほか真剣な顔になって、神頼みを始めるミーニャ。この国の人はだいたいラファリエ教徒だ。

シュパッと聖印を切る。

ちなみに、右から左、左から右に手刀《てがたな》で切る仕草がそれだ。

気がつくと、木漏れ日のような光の柱が降り注いでいて、さらに光の粒子が舞っている。

木漏れ日はたまたまで、粒子は塵《ちり》なんだろうけど、周りの神聖度が上がった気がする。

すごいな、ミーニャ。こんなことできたんだ。本当に聖職者なのかな。

ヒールができないヒーラーとかバカにしてごめんな。

とりあえずステータス、詳細は出ないけど見てみるか。

『鑑定』
【ミーニャ・ラトミニ・ネトカンネン・サルバキア
6歳　メス　B型　エルフ　Eランク
HP110／110　MP188／220
健康状態：B（痩せ気味）
状態異常：祝福】

出た。出ました。神様認定、状態異常『祝福』。

あとMPが減っている。何かを使った証拠だ。

ミーニャ、恐ろしい子。青い少女、ラニアが全部持ってく回に今日はなると思ってたのに、持っていったのは穴馬のミーニャだ。

聖女であり穴馬のミーニャ、今後ともよろしくお願いします。


さて『祝福』状態になったからといって、違いは実感しにくい。

少し、体が軽い気がする。あとは周辺の空気が清浄な気がする。

ミーニャの金髪はいつ見ても、お美しい。ラニアの少し薄い水色がかった青い髪も、綺麗《きれい》です。

いやあ、両手に花ですな。ぐへへ。

前世じゃまったくモテなかった。モテるどころか、友達ゼロ人だったわ。だばばばば。

今生は乞うご期待。


木漏れ日差し込む、森の日陰を進んでいく。別に薄暗いほどではない。

この辺は都市のすぐ先だけあって、管理林に近い。

「よっし、まずはこれでいいかな」

俺は五センチぐらいの太さの倒木というか枝を拾って、適当な長さにナイフ——例のミスリルで切断していく。

「いつ見ても、そのナイフ、切れ味おかしいですね」

そうだよな、普通のナイフはここまで切れ味がいいわけがない。ミスリルのなせる業だ。

ラニアは薄々気がついている様子だけど、それ以上のツッコミはしてこない。藪《やぶ》をつついて蛇が出てきたら、シャレにならん。まあ出てくるのは蛇じゃなくて、エルフの親愛なんだけど。

切った枝を背負いバッグに放り込んで、先を進む。

んん？

これはフキじゃないですかね。

というか、今まで無視して歩いていたけど、いっぱい生えている。

『鑑定』

【メルリアフキ　植物　食用可】

「みんな、この大きな丸い葉っぱは、フキだ」

「「フキ」」

「うん。アクがあるから苦いんだけど、煮れば美味《おい》しくいただける」

「「(ごくり)」」

喉が鳴るのが、見える。美味しいっていっても、ちょっと大人向けかもしれない。

お子様には早いかな～。あ～、ん～。

葉はうちでは食べない、ので茎だけ採って集めて歩く。それなりに集まった。多すぎても、食べきれない。万が一、不味《まず》かったらアレだし、これぐらいにしようか。

次の植物。フキに一ミリくらい似ている。

フキの葉は五角形のような感じだけど、こっちはツルツルのハート形。

『鑑定』

【サトイモ　植物　食用可】

俺は茎も好きだけど、今日は芋だ、芋。ナイフで地面を掘る。刃こぼれしないミスリルとわかってからは遠慮もない。ちょっと掘るには贅沢《ぜいたく》なナイフだけど、いいんだ。

「芋だよ、芋。芋、知ってる？」

「「知らない！」」

「くっ、マジか……」

芋も知らないとか、可哀想《かわいそう》に。俺は掘り出した芋を見せる。

「これが芋」

「大きいね。食べごたえがありそう」

「そうだね」

ミーニャなんかもうヨダレが垂れそうで、食べた気になっている。

そうしてサトイモを回収した。近くにもう一株あったので、そっちも採取する。

また手ごろな折れた枝を見つける。折れて時間が経《た》ち、乾燥も進んでいる。

「この枝もよさそうだ」

「ねえ、エド。枝なんて採ってきてどうするの？　しかも短くして」

「これはね、スプーンにするんだ」

「あ～。スプーンね？　エドが作るの？」

「うんにゃ、ギードさんに内職させようと思って」

「あ〜いいかもね」

ここで種明かし。ギードさんは手先が器用だ。何かの職人が向いている。だが道具はナイフ一本ぐらいしか手持ちがない。それでできる工芸品で実用度が高いもの……スプーン、というわけだ。

以前、森で訓練を受けた後、母ちゃんからスプーンの彫り方も教わった。だから初心者同然だけど指導もできる。

木のスプーン一本、買い取りなら銅貨三枚ぐらいだろうか。

不慣れでも俺やギードさんなら一日に五本は作れると思う。合わせると、一日で一人当たり銀貨一枚銅貨五枚の収入にはなる。

大量には売れないけど、需要は確実にある。

お皿も作れるけど、木が太くないといけないから、保留。

ということで、枝が欲しかったのだ。枝を集めて、薪《まき》にして売るよりかは、高く売れる。

ムラサキキノコ、フキ、サトイモ、それから木の枝。

今日の収穫はまあまあだな。他には何かないかな。

「キギャッ」

あああ、びっくりした。

いや、向こうさんも驚いた様子で、棍棒《こんぼう》を振り上げている。

百四十センチぐらいの身長。人間の大人より小さいけど、俺たちよりデカい。

緑の皮膚、かわいくない顔、つるっパゲ。

――ゴブリン。

周りには、増援の様子はない。素早く鑑定を掛ける。

【(名前無し)
3歳　オス　A型　ゴブリン　Eランク
HP235／256　MP58／76
健康状態：C（不健康）】

鑑定結果もゴブリンだ。フォーマットが人間と同じなのが気になる。

ソロか。ラニアの言によれば、一撃で倒せる。

「ゴブリンか。どうする？」

「やっつけましょう。ちょろいわ。一撃よ。それに魔石が出れば、銀貨数枚よ」

「銀貨数枚」

「俺が牽制《けんせい》する。魔法の準備を」

「牽制しなくていいわ、とどめを刺して」

「了解」

「燃え盛る炎よ――ファイア」

いつの間にか、拾った枝を杖《つえ》にして装備している。

ラニアの杖の先から、炎の塊がゴブリンめがけて飛んでいき、火だるまにする。

「ギャアアア」

ゴブリンが悲鳴を上げる。火はすぐに消えて、ゴブリンは瀕死状態、しかし「一撃よ」とか言っていたのに、わずかに息があるようだ。

「うりゃあああ」

俺は叫びながら、決死の思いでナイフをゴブリンの心臓めがけて、突き刺した。

ナイフが刺さり、ゴブリンが倒れる。

「はぁはぁはぁ」

俺は必死だった。目の前にはゴブリンが倒れていた。

「エド君っ」

「エドおぉ」

ミーニャとラニアが俺に抱き着いてくる。

なんか女の子のいい匂いがする。ラニアかな。

ミーニャもほんのりいい匂いだけど慣れているから、わかりにくい。

俺得だな、やっと冷静になってきた。

「やったわね」

「ああ……」

俺は左手をぐーぱーして感覚を確かめる。なんか「レベルアップ」した感覚があった。

『収納』

念じると右手のミスリルのナイフが目の前から消える。なんだこれ、手品みたい。感覚でわかる。収納容量はバッグ二個分ぐらい。

――アイテムボックス。

新しい転生特典だろう、魔法またはスキルが使えるようになった。

それにしても、ゴブリンは怖い。弱っちいが、俺には怖かった。

ゴブリンの引き攣《つ》った顔が忘れられない。

「さあ、ナイフを貸してちょうだい。魔石は持って帰りましょ」

「いや、俺がやる」

「あらそう」

俺は再び取り出したナイフをゴブリンの胸に突き立てて、魔石を回収する。

ちょっとその作業は、お見せできないような感じだけど、慣れればなんてことはない。

俺は森での母親からの指導で何回かやらされたから、できる。

こんな森の浅いところにでも、出てくることがあるんだな。ゴブリン。

運が悪いというか、収入の面を見れば、運がいいというか。少しばかり複雑な思いだ。

魔石は紫水晶にそっくりだ。鈍く光を通すその見た目は、ちょっと禍々しいものを含んでいるようにも見える。しかしこれは銀貨数枚のお金になる。

ゴブリンの皮とかも、靴になるくらいだから、持って帰ることもできるが、面倒だし放置でいいや。埋めるか完全に燃やすのが正しい処理だけど、放置することも多い。

ウルフか何かがやってきて、たいてい食べてしまう。ウルフさんの団体は怖いから、はやくこの場から立ち去るのが賢明でしょう。


俺たちは興奮冷めやらぬうちに森を抜け草原を抜けて、スラム街に無事に戻ってきた。

「はぁぁー」

「やっと、戻ってきましたね」

「俺たちのラニエルダ」

街の入り口を入るとすぐ座り込む。そうとう緊張していたようだ。

ミーニャの祝福、ラニアの火魔法、どちらもなかったら苦戦していたかもしれない。

いいパーティーメンバーを揃《そろ》えてよかった。

アイテムボックスから魔石を取り出して、再び眺める。

大きさは三センチくらい。ゴブリンのものとしては普通サイズ。鑑定してなかった。

【ゴブリンの魔結石　魔石　良品】

良品だけど比較対象がないからなんとも。悪いよりはいいか。

「これが俺たちが倒した証《あかし》だね」

「すごいですね」

「さすがエドとラニアちゃんだね」

「そうだな、いやミーニャも頑張った」

「私、何もしてない」

確かに一見、ミーニャは何もしてないが、俺は祝福が掛かっているのを知っていたので、ちゃんと認めている。

「それじゃあ、メルンさんにヒールを教えてもらおう。いざというとき、頼りにしているから」

「う、うん、私、頑張る」

おお、超やる気になるミーニャちゃん。純真なのは、かわいいな。


歩いていき、ドリドン雑貨店に顔を出す。

「ドリドンのおじさん」

「なんだい、エドか。ハーブはよく売れてるよ。当分はそこそこ売れるはずだ」

「ありがとう。今日はちょっとゴブリンの魔石があるんだけど」

「ゴブリン？　まさか倒してきたのか？　危ないぞ。まあいい、見せてみろ」

「はい」

魔石を見せる。

「ああ、そうだな、銀貨四枚だな。でもうちでは買い取りはしてないんだ。冒険者ギルドだな」

「――冒険者ギルド」

「そうだ」

「わかった。ありがとう、ドリドンさん」

「「おじさん、ありがとう」」

ミーニャとラニアが笑顔でお礼を復唱すると、おじさんも満面の笑みになって、送り出してくれる。ちょろい。

さて、ここ一週間、城門の中には入っていないが、しょうがない、行くか。

ドリドン雑貨店は城門前なので、すぐだ。よく城門には旅商人の列ができていて、待たされるという話を聞く。けれども、そこそこ田舎に属する都市トライエでは、列はほとんどない。

今日も三組が待っているだけだ。俺たちはその後ろに並ぶ。順番はすぐに来た。

「僕とお嬢さんたちは、城門の中に用かな？」

「うん。魔石を冒険者ギルドに売りに行くの。ほら」

「ほほう、そりゃ、珍しいね。こんな子供が？　お使い？」

「ううん。僕たちがゴブリンをやっつけたんだ」

「ゴブリン？　この辺で？」

「そこの森のちょっと入ったところだよ」

「そうなのかい。近くにゴブリンか。上に報告させてもらうよ。一応警戒しておく」

「はい。お仕事頑張ってください」

「おお、おまえらも頑張れよ。はい通っていいぞ」

ふう。無事通過できた。別にやましいことはないが、緊張はする。

門番は軽装だけど、後ろには馬を従えて騎士の格好をしている人もいるからな。


城門を通過すると景色は一転。ほとんどの家が二階建て、ないし三階建て。

窓にガラスはないが、スラム街だとそもそも窓がない。屋根はほぼ統一された赤茶の瓦屋根だ。

――ザ・ファンタジー・ワールド。

中世ヨーロッパとはよく言ったものだ。

観光の際にはぜひお立ち寄りください。なかなかの景色です。

人通りもそこそこある。喧噪《けんそう》も聞こえる。賑《にぎ》やかだ。

俺のポケットには、すでに銀貨三枚もおわしている。景気は悪くない。風向きも上々。


大通りを通って、中央広場まで来る。ここには噴水があって、水汲《みずく》み場、水飲み場、水浴び場がある。水浴び場は、現代では使う人は皆無だ。歴史的建造物というやつだ。

そして正面に四階建ての冒険者ギルドがデデンと鎮座している。

「トライエ冒険者ギルド……」

別に珍しくはない。週に一回は普通に前を通過していた。でも中に入るのは初めてだ。

「緊張してきた」

「いいじゃない、悪いことしたわけでもないにゃ」

気楽にミーニャが言ってくる。

想像すると怖い。俺は前世でコミュ障をこじらせていたので。厳《いか》つい顔の古株が、新人いびりをしに来るんだ。俺たち子供もバカにされるとか、魔石を取り上げられるとか、されそう。

「ぶつぶつ言ってないで、いいから入りましょう」

ラニアが笑顔を浮かべて、俺の手を取った。するとすかさず俺の反対の手をミーニャが掴《つか》んで、歩きだす。引きずられるみたいにして、俺は初めての冒険者ギルドに、踏み入った。

「いらっしゃいませ～～」

「あ、どうも」

ガランガランとカウベルが鳴る。頭を下げて、中に入る。

一瞬静かになった。でも子供のお使いだろう、と思われて、すぐに元のように騒がしくなる。

ここの一階の右側は定番のように酒場になっていた。

受付は昼前だからかガラガラだった。こんな空《す》いていて経営が成り立つのか、大丈夫だろうか。

カウンターのお姉さんに対峙《たいじ》する。

――美少女ギルド受付嬢。

定番だこれ。金髪碧眼《へきがん》長耳、エルフに連なるものだ。

「はっ、お嬢ちゃんたち。あっ、どんなお使いかな？」

受付嬢は自然な笑顔で俺たち、いやミーニャをじっと見つつ、質問をした。

「あの、このゴブリンの魔石を、買い取ってほしいです。会員でなくても、買い取りくらいはできるんですよね？」

「はい、問題ないですよ。ちょっと見せてもらっていいかな、奥で鑑定するから」

「お願いします」

ラニアが交渉してくれる。ミーニャはじっと見られたのが恥ずかしいのか、顔を赤くしてエルフ耳をぴくぴくさせている。かわいい。

五分くらい待っただろうか。もう少し短いかもしれない。俺には長く感じられた。

「お待たせしました。銀貨五枚、で、その、よろしいでしょうか？　エルフ様」

「五枚？　本当に？　三枚とかじゃなくて？」

「はい。同じように見えても、これは質がよいもののようで、高く評価させていただきました」

「やったわ、ありがとう、お姉さん」

「はい、銀貨五枚よ。ありがとうございました、エルフ様」

受付嬢はラニアに答えつつも、確認はミーニャをじっと見ていた。

ミーニャがやっと最後、笑顔で頷《うなず》くとお姉さんはほっとした顔をして笑顔を返し、引っ込んでいく。なにあの態度。

ラニアのことはガン無視でミーニャに気を使いまくっていた。

やっぱりエルフはエルフでも序列があるのかな。

ハーフエルフとクォーターエルフでは、ハーフのほうが偉いとかさあ。人族にはその感覚はわからんらしい。

とにかく、こうして「銀貨五枚」を俺たちは手に入れた。

冒険者たちは結局俺たちをただのお使いとして脳内処理したため、誰も何も思わなかったようだ。

四章　生産活動。スプーンと犬麦茶

引き続き月曜日、昼前。城門を通って外に出る。

前から思っているけど、入る人だけでなく、出る人も一応チェックしたほうがいいのでは。

犯罪者とかお尋ね者とか、出ていき放題では。

そんなことを考えながら、トライエ市内からスラム街のラニエルダへ戻ってくる。

ラニアも連れて家に戻る。

「「ただいま」」

「おじゃまします」

「あらあら、おかえり、どうぞ、ゆっくりしていって」

メルンさんが迎えてくれる。一応、メルンさんは治療師として、なるべく家にいる方針らしいと、最近気がついた。いつも怪我《けが》人がいるわけではないけど、いざというときに、待機していてくれないと困る人がいる。

本日の昼食メニュー。イルク豆とカラスノインゲンと干し肉の炒め物。ホレン草《ソウ》とムラサキキノコの塩焼き。タンポポサラダ。ハーブティー。

ムラサキキノコを焼きだすといい匂いがした。

「いい匂い」

ラニアはすでに目を丸くしている。

そして料理が揃《そろ》ってみんなが車座に座ると、ますますラニアは驚いた顔をする。

「なにこれ……」

「なにって、これがうちの今の食事。まあキノコは今日のスペシャルメニューだけど」

「前はイルク豆だけだったじゃない」

「野草の採取と、それからハーブティーの販売を始めて、ちょっとだけ干し肉が手に入ったんだ」

「あのハーブティー、あれエド君の売り物だったのね」

ラニアもびっくりである。

「ラファリエール様に感謝して、いただきます」

そして食べる。ラニアは日曜日以外でも、ラファリエール様に簡単に感謝を捧《ささ》げるらしい。

礼儀正しい子だ。

「うまっ、なっ、なにこれ、美味《おい》しい、です」

頰《ほお》を紅潮させて、いかにも美味しいっていう顔をする。なかなか、かわいいじゃないか。

「ほんとう、美味しい。このムラサキキノコ、信じられない」

ミーニャもご満悦。

キノコは一人一つ。あっという間に食べてしまうと、もうないのかという悲しい顔をした。

かわいい顔で訴えても、あげないぞ。俺だって味わいたい。

「なつ、うまっ、ムラサキキノコ、うまっ」

びっくり仰天。紫なのにうまい。鑑定、嘘《うそ》つかない。

『ラファリエール様、ありがとうございます』

こりゃあ俺も思わず、心の中で、神様拝んじゃう。

ラファリエール様が転生神かは不明だけど、他に名前知らないし。


食後にハーブティーで口をさっぱりさせて、一息ついていると、ギードさんが帰ってきた。

「ただいま」

「おかえり。来た来た」

「ああ、仕事は辞めてきたよ。エド君の策がうまくいかなくても、今度は他の仕事を探すさ」

「そっか、ごくろうさまでした」

「ああ、ありがとう」

ギードさんにもハーブティーを出して、落ち着いたら話を始める。

俺はすでに試作品の粗削りを終えていた。

「これが、試作第一号、スプーン」

「どれどれ」

木の枝を縦半分に割り、それを削ってスプーン状にする。あとはどれだけ削って滑らかにするかの勝負だけど、市販品の多くはかなり適当で、めちゃくちゃ滑らかなのは高級品だ。しかも最高級品はミスリル製で、次が銀製なので、木のスプーンで最高傑作を作るような人はいない。

俺のはすでに、粗削りだけど、スプーンとして使える状態だった。鑑定してみるか。

【木の粗削りのスプーン　食器　粗悪品】

くっ、粗悪品ときたか。まあ、まだ途中だ。

「これで三十分くらいかな。ミスリルのナイフだからできる」

「なるほど、これなら確かに僕でもできそうだ。こういうのは元々得意だしね」

「そりゃ、いい」

ギードさんも枝を粗くカットしてから、細かく削り出し始めた。かなり手慣れている。

「昔は仕事でも細かいことをしていたんだけど、最近は力仕事が多かったから、懐かしいね」

そう言いながら、あっという間に使えるレベルのスプーン第一号を作り上げていた。

「すごいやギードさん」

「いんや、僕の適性を見抜いた、エド君だってすごい。ずっと下働きをしていれば、いずれ評価されて、僕も定職につけると思っていたのが甘かったんだ」

なるほどねぇ。苦労人だねえ。

エルフで体力とかないのに肉体労働して、ダメ野郎の烙印《らくいん》を押されても、頑張っていたのか。不器用というかなんというか。

とにかくスプーンが売れるかどうかまで含めてお試しだから、一度売れるまでの工程をやろう。

俺とギードさんがスプーンを量産し始めるのを、ミーニャとラニアはじっと見ていた。

「そういえば、魔石の売り上げを分けないとね？」

「そうですね」

ラニアはあまり気にしないタイプなのかもしれない。もしくは俺を信用しすぎている。

「銀貨五枚だから、えっと⁇」

「三人だとアレだし、火魔法を決めたラニアが二枚、俺とミーニャ共同で三枚でいいよ」

「そうですか、ありがとうございます」

ラニアに銀貨二枚をそっと渡す。

「うっ……」

ラニアが急に目を細めたと思ったら、泣き出してしまった。

「どうしたの？　そんな急に」

「エド君が、こんなに立派になって、私もゴブリンを無事に倒せて、よかったって。本当によかったです」

「そっか」

まあ確かに、昔の俺はちょっと危うかった。今は転生前の知識もあるけど、今と比べたら昔は未来も真っ暗という感じだった。

ラニアも心配してくれていたんだ。

「ラニアちゃん」

ミーニャもラニアと同じように俺を心配してくれていたらしくて、背中をさすってあげている。

俺に対してのライバルといっても、いがみ合っているわけではないらしい。

この世界では重婚は問題ないし、ハーレムもドンと来いである。そんな細かい禁忌はない。みんな、仲良くしてくれるとうれしい。ギスギスしたハーレム生活なんて勘弁してほしいもんねぇ。


火曜日。腹案の一つ、スプーンの生産はいち段落した。

今日はもう一つのほうを解決しようと思う。ハーブティーがあまりお好きじゃない人対策。

結論から言えば、麦茶ないしそれに類するものを出す。

実は草原で、いま一番勢力が強い雑草は、草原全体に生えていて、穂が出ているイネ科麦系の植物である。それに目をつけている。おそらく毒はない。

粉でパンを作って主食にするには、量が足りないと思う。でも、麦茶ならどうだろうか。

ゴーン、ゴーン、ゴーンと朝の三の鐘が鳴る。午前六時だ。

「おはよう、エド～」

「おはようミーニャ」

ミーニャがぐいぐい抱き着いてくる。今日も朝から元気がいい。さっと鑑定をしておく。

【ミーニャ・ラトミニ・ネトカンネン・サルバキア
6歳　メス　B型　エルフ　Eランク
HP120／120　MP230／230
健康状態：B（痩せ気味）】

昨日はスキル『祝福』を使ったためMPが減っていた。自然回復もしくは寝ると回復はするらしい。あと祝福の状態異常も解除されている。

レベルアップでもしたのか、HP、MPの最大値が少し増えている。

今朝のご飯メニュー。イルク豆とサトイモの水煮。カラスノインゲンとホレン草と干し肉の炒め物。フキの塩煮。ハーブティー。

朝も、豆だけのご飯は卒業だ。サトイモは多くはないが、一人二個くらいでもあれば全然違う。

「おいちぃ」

「ああ、美味しい」

ミーニャもギードさんも朝から満足そうだ。

メルンさんは自分で調理したのに、信じられないような顔をして食べている。

フキは採ってきてすぐに水に浸《つ》けて、アク抜きしてある。これは調理法を知らないと、不味《まず》いまま食べてしまう危険性のある植物だ。

文化の発展と継承を願おう。

「あの苦いフキが、食べられる味になっている」

メルンさんはアク抜き前のものを一応といって試食してみたので、不味いのは知っている。

野菜とかは都市内で買うと、それなりのお値段がする。野菜は外の農家が作って輸送してくるか、狭い城内で栽培するほかないので、需要に対して、供給が少なめなのだ。

当然のようにスラム街で食べる習慣はほとんどない。

しかし俺たちの家の後ろにはすぐに草原と森があるので「危険さえ無視すれば」食べ物はある。

問題は普通の人だと危険性を排除する方法があまりないということだ。一つは食中毒。もう一つはモンスター。鑑定と攻撃手段が揃えば、怖いものはそれほど多くなくなる。

「「行ってきます」」

ミーニャを連れて、ラニアの家に行く。

もうバレてしまったのでラニアにも一枚噛《か》ませろと言われてしまった。

別に利益をかっさらいたいわけではなく、仲間外れにしないで、という意味らしい。

ラニアの家に行って連れてくる。

「おはよう」

「おはようございます」

ちなみにラニアの家は、うちよりはご飯が元から豪華なので、朝からパンだったらしい。

そういえば豆をやめてパンにしてもいいけど、豆は豆でタンパク質も摂《と》れるので、メニューから外しにくい。

スラム街を抜けて、草原に出る。

どこにでも生えている穂を鑑定する。一本の茎に左右斜めに順番にムギのように種子が並んでいる。ちょっと種子の先端が尖《とが》ったヒゲが余計ムギっぽい。

『鑑定』

【イヌムギ　植物　食用可】

これ以上の情報が欲しいんだけど、わからんものはしょうがない。たぶん地球のイヌムギとは違うけれど、表示上はこうなるもよう。

「イヌムギです。今日はこれを採って集めます。穂だね」

「わかったぁ」

「わかりました」

性格の違う返事を聞きつつ、作業を進める。とにかくまずは採って集めるのだ。どこにでも生えている。他のホレン草とかが、生えているところと、まったく生えてないところとに分かれるのに対して、イヌムギはそこらじゅうに生えている。

あっという間に、バッグいっぱいになった。あ、そうそうアイテムボックスを使えるので、そっちに入れてある。背負いバッグも一応装備している。

「いっぱい採れたぁ」

「すごいですね」

「ああ」

二人もたくさん集めてくれた。これをさっさと持って帰る。

「それじゃあ乾燥させます」

「あれだね、ハーブと一緒」

「そうだね」

庭に毛布を敷いてその上にイヌムギを広げる。

脱穀をしてしまう。茎を左手で持ち、右手をスライドさせる。すると種子の部分が外れて毛布の上に落ちていく。そうして庭の毛布にはイヌムギが一面に広がった。

また泥棒スズメを警戒しつつ、乾燥させる。

「のどかだね」

「そうだね」

「うふふ、春うららだわ」

ピーチチとスズメが飛んでいく。

お昼を挟んでギードさんとスプーンを量産しつつ、イヌムギを見守る。

最近は暖かい日が続いて、過ごしやすい。この辺は冬もそこまで寒くないから、スラム街でも生きていけるが、北のほうは厳しそうだ。エルダニアからトライエに逃げてきた理由の一つは、こちらのほうが暖かい気候だからというのも、あるらしい。

乾燥させたイヌムギを回収する。茎がついていたときはザルに山盛り二杯だったけど、今は一杯に減っていた。これだけあればパンにもできそうだけど、今回の目的を見失ってはいけない。

とりあえず試飲用に少量加工しよう。鍋にイヌムギを入れて炒《い》る。

焙煎《ばいせん》すると言ったほうが近いかもしれない。

「あぁ、いい匂いするぅ」

「そうですね」

炭水化物の焦げるような匂いは、普通の麦茶かウーロン茶にも近いかもしれない。

とにかくいい匂いがしてくる。焦げないように注意しつつ、見極めて火からおろす。

そしてお湯で淹《い》れると、薄茶から黄緑のような色の液体が出来上がった。

犬麦茶だ。

香ばしい匂いと、草のフルーティーな匂いがしている。優しい香りがする。

「なにこれ、美味しぃ」

「美味しいです。私はハーブティーよりはこっちが好みですね」

「これもうまいな」

なかなか好評だった。これは売れる。買ってもらえればだけど。

また朝になった。水曜日。ゴーン、ゴーン、ゴーンと三の刻、朝六時を告げる鐘が鳴る。

「むにゃむにゃ、にゃああ、エド、おはよう」

「ああ、おはよう、ミーニャ」

「にゃはあ、エド、すきぃ」

ミーニャはそう言って抱き着いてくる。

なぜこんなに好かれているのか、いささか不明だけど、悪い気はしない。

トイレ、洗顔、髪を適当に直して、ご飯を食べる。

今日の朝ご飯のメニューはこちら。イルク豆とカラスノインゲンの水煮。ホレン草のニンニク炒め。フキとサトイモの塩煮。タンポポサラダ。犬麦茶。

やっぱり朝はサラダを食べたい気分だった。

「うまいな、うん」

ギードさんも日雇いの仕事に行かなくなったので、時間に余裕がある。

「美味しいぃ」

ミーニャも相変わらず。

「「ごちそうさまでした」」

ご飯も食べたし活動開始だ。

「ギードさん、ミーニャ、体操をしようと思う」

「体操？」

「うん」

ということで体操だ。この世界にも、準備運動的な言い回しがあった。

外に出て、気分はラジオで体操だ。

「腕を回します」

「腕、回す」

ぐるぐるっと腕を回す。

「肩から回します」

「肩、回す」

ぐるぐるっと今度は肩から全体的に回す。

「腕を伸ばしたり曲げたり」

「腕、伸ばす」

腕をやったり足を動かしたり、それから腰。腰、重要。そうやって体操をした。

「これは健康に良さそうだわ」

とはメルンさん談。

どんどん現代知識チートで健康になろう。ただし家族、知り合い限定。

俺は為政者《いせいしゃ》ではないので、あずかり知らぬ人は、本当に知らない。

「さて、では行ってきます」

「行ってきます」

ミーニャを連れて、ドリドン雑貨店に向かう。

家は城門からちょろっと出たところで、雑貨店は城門の目の前だから、すぐだ。

「ドリドンさーん」

「どうした、エド、ミーニャ」

「犬麦茶、というものを持ってきました」

「どれどれ、見せてみろ」

「はい。ミントティーは好き嫌いがあると思いまして」

「なるほどなぁ」

バッグから犬麦茶を取り出す。一応、アイテムボックスは秘密にしてある。

「いい匂いがするな」

「でしょう」

「一杯飲ませてもらってもいいか？」

「もちろんですよ」

お湯を沸かす、いやあれ、お湯が出る魔道ポットだ。一瞬でお湯になった。

「便利ですね、それ」

「だろ」

ティーポットに犬麦茶を入れて魔道ポットからお湯を注ぐ。

すぐにいい匂いが広がっていく。朝から買い物に来たお客さんたちも興味津々だ。

「あら、いい匂いがするわ」

「なんだろうね、いい匂いだけど、知らないわ」

「あらあら、また新作かしら」

そうですよ、新作です。

「お客さんたちにもどうぞ。初めて見るものなので、試飲は必要だと思う」

「おっ、そうだな、エド、わかった」

ドリドンのおじさんがまずは自分たちの分を木のコップに入れる。

俺はちょっと暇だったのでドリドンさんを鑑定してみる。比較対象は必要だと思ったのだ。

【コランダー・ドリドン
36歳　オス　O型　人族　Dランク
HP352／358　MP198／205
健康状態：A（普通）】

あれ、大人でもそれほどHPとか高くないんだ。MPもこれならミーニャのほうが多い。

でもDランクだ。ちょっと強いのかもしれん。あとコランダーって名だったんだな、おじさん。

「う、うまい」

そう言っているうちに、一口飲んだドリドンさんは、うれしそうに親指を上げてグッドを示した。

「みなさんもどうですか、時間があれば、ぜひ試飲をどうぞ」

「あらやだ、くださるの、いただくわ」

「うれしい、私もくださいな」

こんな感じでみんなもらっていく。

ここは城門前の通り沿いなので、出勤で城内に入っていく人も通るため、人だかりができてきた。

「けっこう、試飲で出てるけど？　いいのか？」

「いいですよ、たぶん大丈夫でしょう」

「そ、そうか、ちょっとくらい薄く出すか」

ドリドンさんが慌てている間にも試飲は増えて、犬麦茶が商品として売れていく。奥さんも出てきて、今は手伝ってくれている。

これなら販売は大丈夫そうだ。特に心配はいらない。

「ハーブティーはちょっと苦手だったけど、これは美味しい」

「こっちも、どっちも好きだな。迷っちゃうな」

「水かお湯しか飲んでなかったからな、俺らは」

まあ、そんな感じで、大盛況となった。


水曜日、午後。

「あのね、エド、ちょっと水浴びしに行こう」

「お、そうだな」

ぐへへへ。

転生知識取得前の俺は、よくこんなシーンを平気で過ごしていたな。

トライエ市の南側には北西から東に向かって川が流れている。

城門前の街道を横断して南側へ入り、しばらく歩くと川に出る。

「あれ、エドどうしたの？」

「ああ別に、俺が周りを警戒していてやるから、早く水浴びしちゃいな」

俺は変態ではあったが、紳士だったのだ。

「わかったっ」

無邪気に返事をしたミーニャが服を脱ぐと、衣擦《きぬず》れの音がする。

お、おう、改めて背中で聞くと、なんだかなまめかしいな。

俺も反対側を向いて、シャツとパンツを脱ぐと、ざぶざぶ川に入っていく。

ここの川は幅三十メートルくらいか。川岸の近くは浅いので大丈夫なのだ。

川の水で全身を洗いつつ、手で軽くこすっていく。

スラム街ではこれが普通だけど、トライエ都市内には銭湯があり、それを利用するか、自分の家でお湯を使ったタオルで拭くのが常識らしい。

噴水の水浴び場で洗っていたのは、昔のことという話は前にしたと思う。

ごしごし、ごしごし。

前世の記憶を思い出したから、前より衛生観念は強くなった。念入りに体を洗っていく。

手首とか耳の後ろ、膝の裏とか、あまり洗わなかったところも綺麗《きれい》にしていく。

次に脱いだ服を持ってきて、洗う。シャツ、ズボン、トランクス。なんか汚れが流れていくのが見える。染みついてるなぁ。お金が増えたら、替えの服とかも欲しいかも。

いや待て、服より防具のほうがいいか、あとは武器も欲しい。ミスリルのナイフは強いけど間合いが、いかんともしがたい。剣かな、やっぱ。それとも魔法を習って、魔法剣士。

雑魚を倒しまくってレベルアップしてステータスを上げて、簡単には死なない肉体が欲しい。

これはミーニャとラニアにも言えることだ。


水浴びを終える。服をギュッと絞る。ただしあまり強く絞ると、破れてしまう。

毎日着ているうえに古着なので、繊維が元々傷んでいるのだ。

濡《ぬ》れた服だけど、そのまま着る。他に方法がない。

雨に濡れたら風邪をひくというのは、たぶん迷信だと思う。ただし水に濡れた結果、体温が下がって、免疫力が下がるということは、あると思う。

今は春だし、暖かいからすぐに乾く。この辺の気候はわりと乾燥気味かもしれない。

そういえば、昨晩は夜中に雨が降ったもよう。

日本は夏の湿度がものすごいけど、こっちはそうでもない。

ミーニャは髪の毛も一応洗うので水浴びも結構長い。俺も頭まで水に浸かって頭も洗ってある。

「エド、私も終わったよう」

俺がミーニャのほうを見ないようにして黄昏《たそがれ》ていたら、そちらも終わったようだ。

「ねえねえ、私、綺麗になった？」

「お、おう、綺麗だぞ」

「やったっ！」

うんうん、水も滴るいい女ってね。まあ幼女だけど。ちょっと濡れ透けになっていて、見た目がヤバげだけど、こっちの人はこれで普通のこととしてスルーしているから、俺も黙っていよう。何か発言したら、俺の人権が剥奪《はくだつ》されてしまう危険性がある。ちょっと直視するのは厳しい。まあなんだ、胸はまだない。六歳だもんな。そりゃそうか。

さて、何しようか。頭の中の予定表は、ある程度消化してしまった。

「ああそうだ、思い出した」

「え、なにが？」

「ミーニャ、メルンさんのところいくぞ」

「え、ママ？」

「うん、そう、マッマのとこだ」

家に帰ります。


ということで、戻ってきた。愛《いと》しの我が家。床の木の温《ぬく》もりが捨てがたい。なお調理場以外は土足禁止だ。床に毛布を敷いて寝るので。羊の毛の毛布はなかなか温かい。が、実を言えば毛布より、抱き枕にしてるミーニャのほうが温かい。

「あのさ、メルンさん、お願いがあるんだ」

「なんですかぁ」

「ミーニャに、いや俺も一緒に習ってみるけど、ヒール――回復魔法を教えてほしい」

「そうですね。そろそろ、そういう年齢ですもんねぇ」

あっさり承諾してもらえた。

「じゃあ二人とも、まずはヒールの体験からしてもらいましょう」

「「はーい」」

「そういえば、ラニアちゃんが私を仲間外れにしないでって言ってなかった？」

「ラニアにも覚えられるなら覚えてほしいけど、あの子は攻撃魔法専門だから、別にいいかなって」

「そうかしら、まあいいわ」

そういえば、家族とか鑑定していなかった。いやワザと避けていたんだけど、この際だ確認しておこう。覚悟を決める。

『鑑定』
【メルン・ラトミニ・ネトカンネン・サルバキア
105歳　メス　B型　エルフ　Bランク
HP575／582　MP560／763
健康状態：B（痩せ気味）】

おばちゃん百五歳、なのか、これは人間の尺度で測ったらあかんやつですね。

年齢についてはタブーと肝に銘じておこう。

MPが結構使われている。ヒールのMP消費が多いのだろうか。それとも結界とか祝福とか、何か高等魔法を普段から使ってるのかもしれない。そしてやっぱり痩せ気味なんですね。

もっと肉を!!

「では、ミーニャ、ヒールを掛けるわね、よく見て、よく感じるのよ」

「はいママ」

俺も見る。ちゃんとヒールを掛ける瞬間は、まだ見たことがない。いつも遊び歩いていたので。

「癒《いや》しの光を——ヒール」

緑色の光が集まってくる。

「ほわわわ」

ミーニャに光が吸収されていく。

「どう?」

「あっ、なんだか暖かくて、気持ちよかったです」

「よかったわ」

腕にあった小さな切り傷が、なくなっている。

女の子なんだから、とは思うものの、草原とか森を連れまわしているのは俺です。

すまんなミーニャ。

「次はエドね」

「ああ、よろしく」

「よろしくされますね」

「癒しの光を――ヒール」

「おおぉおお」

なんだこれ空前のリラクゼーション効果。めっちゃ気持ちいい。卑猥《ひわい》な意味ではなく。横になって腰モミモミとかしてもらって、このヒールとか掛けたら、もうマッサージ師なんて目じゃないくらい、すごい。

これで十七歳くらいの清楚《せいそ》黒髪ロングおっぱおの美少女だったら完璧だったな。

はあ、前世の記憶が俺を刺激してくる。

「さ、今度はあなたたちよ。お互いに掛けてみて」

「「はーい」」

「い、癒しの光を――ヒール？」

ぽわわと弱いけれど緑の光が俺を包む。ちょっとだけ気持ちよかった。

「なんで疑問形やねん」

「えへへ、なんとなく？」

「でも成功してるじゃん。すごい」

「え、私すごい？　えらいの？　やったっ」

頭を撫《な》でてやる。

「にへらぁ」

うれしそうにする。かわいい。

「俺もやる」

「はい、おねがいします」

ミーニャに手をかざし、こう、念じるように。

「癒しの光を――ヒール」

失敗か。もう一回だ。

「癒しの光を――ヒール」

「ヒール……」

「ヒール……」

「ヒール……」

「もう一回、癒しの光を――ヒール」

ミーニャを黄緑色の光が包む。

「ほわわっ、あふん」

なんだその、あふん、ってのは。ちょっとえっちだな。成功だ。

俺も成功した。ミーニャの存在意義が怪しくなるけど、自分で自分に掛けることはできない、もしくは難しいらしいので、俺にはミーニャが必要だ。

伝統およびオタクグッズでは「正副予備の三系統」と決まっている。

予備はまだない。観賞用、保存用、布教用ともいう。

「にへらぁ。私、ヒールでエドを応援するねっ」

「ああ、ほどほどに頼むよ」

「うんっ」

マジほどほどでいいですよ。ミーニャが本気で祈ると、奇跡が起きちまいそうなんでな。

せこせこスプーンを作成しているギードさんも鑑定してみるか。

【ギード・ラトミニ・ネトカンネン・サルバキア
　98歳　オス　B型　エルフ　Bランク
　HP601／612　MP695／705
　健康状態：B（痩せ気味）】

ふむ。まあメルンさんとそれほど変わらないけど、ちょっと若い。

メルンさんは家にいるのに、実は一番強いのか。

鑑定は無慈悲に真実を映す鏡である。

五章　恵みの果実。森のリンゴとブドウのジャム

木曜日。今日も朝の鐘が鳴り、ミーニャが目を覚ます。

俺はそれよりちょっと早く目が覚めるけど、ミーニャを起こさないようにじっとしていた。

「おはよう、エドぉ」

「おはよう、ミーニャ」

ちょっと豪華になった朝ご飯を食べて、出発だ。ラニアの家に寄って、連れてくる。

「本日も、また森へ行きたいと思います」

「「はーい」」

良い返事だ。ゴブリンはそうそう出ないとは思うけど、まあラニアなしで挑むのはやめよう。

スラム街を通過して、草原に到着。カラスノインゲン、ホレン草《ソウ》、タンポポ草を採取する。

「お、見てみ、エルダタケ発見」

「あ、美味《おい》しいキノコだ」

「本当ですか」

「まあ待って、今確認するから」

焦らなくてもキノコは逃げない。

『鑑定』

【エルダタケ　キノコ　食用可】

よし本物だ。ドクエルダタケモドキがあるからな、慎重に鑑定はする。

本職のキノコ採りでも、キノコを識別する「同定」は熟練を要する、もしくは顕微鏡が必要と聞いたことがある。

素人判断は危険だ。

一株だけど、日本のスーパーで売っているシメジくらいのサイズがあるので、みんなで分けても、分け前はある。

今日は幸先がいい。おとといの晩、雨が降ったからだろうか。


森と草原の境目に到着した。

「ミーニャ、この前と同じあの祝福――神様へのお願い、してもらってもいい？」

「え？　いいよ、それくらい」

よくわかっていないミーニャが同意してくれる。

やってる本人が効果を理解していないとか、もったいなさすぎる。

「ラファリエール様、私たちをお守りください」

シュパシュパッと右から左、左から右へと手刀《てがたな》で、聖印を切る。

普段はのほほんとしているが、このポーズをやるときは妙に真剣で凛々《りり》しく、パワーを感じる。

ラニアもほんの少しでも変化を感じ取ったのか、神妙な顔つきをしていた。

「ありがとうミーニャ。ラファリエール様もありがとうございます」

元々無神論者だった前世持ちの俺だって、こうまでされれば神様の信奉者になるわ。


森を歩いていく。今日の目標は「果実」だ。

めっちゃうまい果物は、動物に先を越されていることが多いが、残っていることもある。

人間も食べるけど、森は危険なので、あまり人は立ち寄らない。

冒険者は来るけど、もっと奥へ行く人が多いので、この辺の浅いところはある意味、穴場なのだ。

「ということで実を探そうと思う」

「はーい」

森を進む。一本の茎の先端に、一センチくらいの赤い実が固まってなっている。

「はいはいはい。赤い実がいっぱいなってる」

「ああ、これはマムシグサだな。毒だよ」

「毒なんだ……」

「喉を切り裂くような痛みがあるらしい」

「ひえぇ」

ミーニャちゃん、しょんぼりへにょりん。

アホ毛がしおれちゃう。一応鑑定してみるか。

【マムシグサ　植物　食用不可（毒）】

まあ、そのまんまだな。日本と非常に似たような植生だから助かる。

そこそこ美味しそうに見えるけど、どちらかといえば、ヤバいやつだ。さらに進む。

「はいはい。赤い実がぽつぽつ、なってるよ？」

「ああ、これは、たぶん、いいやつだ」

「やった。甘い？　甘い実、すき!!」

「残念だけど、思ってるのとは違う」

「そうなんだ」

【サンショウ　植物　食用可】

そう、山椒《さんしょう》の実だ。熟《じゅく》すと赤い小さな実をつける。

しかし甘いわけもなく、フルーティーな匂いは若干するらしいが、これは「辛い」に属する刺激がある。

いや、その辺の甘いものもうれしいけど、これだって大発見だぞ。かなりうれしい。

「でも、これ俺好きなんだ。大発見だ。でかした、ミーニャ」

「やった、にゃは」

頭をこっちに向けてくる。

「ほーれ、なでなで」

「ほわわ」

頭を撫《な》でると途端にうれしがる。犬か。

実といってもリンゴ、オレンジ、ブドウがそうそうあるわけないよ。進む。

「これはどうですか？　紫の実がたくさん」

「ああ、これはあれだな、ブドウ」

「ブドウ」

「美味しいはず。酸っぱいかもしれないけど」

鑑定さんカモン。

【ヤマブドウ　植物　食用可】

やった。これは当たりだ。

大繁殖していたら、ワインにすると大儲《おおもう》けできるが、さすがに醸造する場所とかもないか。

この辺ではワインは高級品だ。一般人は安いエール。中級品なら蜂蜜酒のミードが主流。

ウォッカ、ウィスキーとかの蒸留酒はほとんど流通していない。酒は主にドワーフが造っているとは聞く。子供が飲んではいけない法律はないが、あまり褒められたものではない。

コーヒーとかと一緒だね。

「全部、採っちゃおうか」

「え、いいの？」

「うん」

「わーい」

「採ったらこっちに渡して。アイテムボックスに入れるから」

「わかった」

アイテムボックスのことは、この前ちょろっと教えておいた。隠し通すのも難しいし、これは便利なので。

山ブドウを採りまくる。日本なら山ブドウの季節は、十月ごろだろうか。

アイテムボックスなら潰《つぶ》れる心配もない。背負いバッグに入れたら、果汁が染み出して大変なことになる。

「食べてみてもいい？」

「いいよ」

「あ、んっ、甘い！　これ甘いよ」

「どれどれ。甘いな、確かに美味しい」

「美味しいです」

ブドウはなかなかのお味でした。


次に見つけたのは、青リンゴだった。

「これ、赤くないけど、おっきい実だよ」

「ああ、これは。どれどれ」

【アオリンゴ　植物　食用可】

リンゴがそうそうあるわけない、とか言ったけどリンゴだったよ。

「え、まだ熟してないんじゃないの？」

「これは、青いまま、もしくは黄色くらいにしかならないんだ」

「へぇ、そうなんだ」

協力して木に登り、青リンゴを収穫した。大量だ。一本の木には二百個近くなっている。

全部は採らないけど、百個くらいになった。

日本では青リンゴの季節は夏から秋だ。その辺は違うらしい。

アイテムボックスがいっぱいだな。少しみんなで分けて背負う。俺も半分は偽装で背負いバッグを装備している。

今日の収穫は、山椒、山ブドウ、青リンゴ。上々ではなかろうか。

「素晴らしい、素晴らしいよ、諸君」

「わーい、やった、褒められた」

「やりました」

いい感じで森を離脱、家に戻ってきた。


引き続き木曜日。さて最近の同じようなお昼ご飯を食べて、午後の作業だ。

ラニアも一緒に食事をしたので、今もいる。

「午後は、採ってきた果実をジャムにしようと思う」

「ジャム？」

「そう、ジャム」

「まずはリンゴジャムからやってみようか。リンゴはいっぱいあるし」

「わかった」

魔道コンロにナイフで切ったリンゴを入れていく。少量の水、あと塩を少しだけ入れて煮ていく。

砂糖や蜂蜜があるといいんだけど、スラム街で一食五十円の豆生活をしていた人間にとって、それを買うというのは勇気がいる。

今回はリンゴの甘さのみで、ジャムにしようと思う。できなくはないらしい。

ビンは空のストックがいくつかある。

「しばらくかかるから黒パンを人数分買ってきてくれる？　あと関係ないけど銅貨五枚は干し肉も。はい銀貨一枚」

「ありがとう～、すぐ買ってくるね」

ドリドン雑貨店はすぐそこなので、ミーニャとラニアに行かせる。

その間に俺はジャムが焦げないように、ひたすら火の番をしつつ、鍋をかき回す。


黒パンは無事に買えたようで、二人が戻ってきた。

「なんだかいい匂い」

「そうですね」

リンゴの匂いがしている。ジャムになるまでは、まだ時間がかかる。

色がちょっと飴色というか半透明に近い色になってくる。ヘラで潰しながら、混ぜたりする。

「できたかな」

「できたの？」

火からおろす。よくわかんないけど、まあいいんじゃないかな。鑑定。

【青リンゴジャム　食品　普通】

ありがとうございます。ありがとうございます。普通、いただきました。

粗悪品ではなかった。十分いけそうだ。ざざっと鍋をあおって粗熱を取っておこう。

ついでにミーニャが持っている黒パンも鑑定。

【黒パン　食品　普通】

黒パンも普通なのか。粗悪品なのかと思っていた。疑ってごめん、ドリドンのおじさん。

黒パンをミスリルのナイフでさくっと薄く切っていく。

いったんお皿に黒パンとジャムを載せて三人で囲んで座る。

「でだ、こうやってパンにジャムを塗るんだ」

「「(ごくり)」」

「いただきます」

俺はジャムパンを一口食べる。うん、いける。十分いける。

「あ、はいはい、私もやりたい」

「私も、食べたい、です」

「どうぞっ」

食い物の恨みは怖いからね、ささっとジャムを女の子に捧《ささ》げる。

「おーいしーぃ」

「美味しい、です」

どうやら好評のようで、なにより、なにより。

また一つ食べ物のレシピが増えた。パンはまだ食べきっていない。

「ところで、まだブドウのジャムを作っていないんだ。あとリンゴも試作品だから」

「そ、そうだね」

アイテムボックスからブドウを取り出して、こちらもジャムにする。

煮ている時間が結構かかる。これればかりはどうしようもない。

「まだかな、まだかなぁ〜」

「まだよね〜まだよね〜」

二人で催促してくるけど、まだなんだ、すまんな。

ビンはドワーフが量産したり人間の職人も作るけど、安くはない。でもこういうものはしっかりビンに保存しないとカビたら困る。

でもカビることを悲観するのもよくないね。逆に考えれば、味噌《みそ》、醤油《しょうゆ》、鰹節《かつおぶし》、チーズとか、カビがあるから成立している食品もあるので、明るくいこう。

食べ物は、前世を再現するだけではないけど、いいものはいい。欲しいものは欲しい。

ちょっと休憩、庭を見る。

空の高いところを南から北へ、鶴の群れのような三角形で飛行するデルタ飛行編隊でワイバーンが六匹飛んでいくのが見える。

竜は寒くても体温を保てるけど、ワイバーンは寒すぎると体温も下がってしまうから、冬が苦手で南で越冬するんだって。それで今は春だから越冬から戻ってくるシーズンなのだ。

だから北のワイバーンは渡りをする。もちろん南に定住しているタイプもいる。

要するに現代知識でいうと、ワイバーンは爬虫類《はちゅうるい》で変温動物なんだね。今更やっと理解できた。

母親はこういう難解なことも知っていて、教えてくれた。

なおワイバーンは基本的には危険だが、高いところを飛んでいるし素通りするから危険はない。

稀《まれ》に休憩のために降りてくるけど、刺激しなければ大惨事になることは少ない、らしい。

なにそれ、こえぇぇ。

「ブドウジャムできたよー」

「「わーい」」

女の子は甘いものが大好きらしい。まあ彼女たちは、そもそもあまり美味しいものを食べていないから、甘味もほとんど知らないんだけど。

そこはもう女の子の本能だね。

四枚に切り分けた黒パンを、一枚はリンゴジャムに消費した。

そして今、量を倍ぐらいにしたブドウジャムで、二枚目を黙々と食べている。

黒パンはかなりの硬さだけど、顎《あご》を必死に動かして、もぐもぐしている。その顔はちょっとリスみたいでかわいい。

「こっちも美味しぃ。これ、すき。もっと食べたいっ」

「こちらも、なかなかのお味ですね。美味しいです」

そうか、ほれ、食え食え。痩せすぎを克服するんだ。そのほうが抱き心地がいい。

べ、別に不純な動機では、断じてないぞ。断じて。

合間に塩辛い干し肉一枚を小さく切ってもぐもぐすると抜群に美味しい。

メルンさんとギードさんの分も用意したので、みんなで美味しくいただいた。

今日はもうこれが夕ご飯になる。

「いつも、パンは食べてたけど、なんか味気ないと思っていたのよ」

「そうだろうね」

「何かつけて食べると、こんなに美味しいんですね」

「うんうん」

「ジャムのビン、一つくれますか？」

「いいよ」

「やったっ」

追加のリンゴジャムを作ったので、ジャムは残っていた。ひとビンに入らなかった。

だから二ビン目をラニアにプレゼントする。一緒に採ってきたから当然の権利といえるだろう。

「ありがとう、エド君、スキッ」

「あ、ああ、ありがとう」

「あっ、いっ、な、なんでも。なんでもないんだからねっ」

お、ツンツンしてるのか、ええよ。好意を誤魔化《ごまか》そうとするのも、かわええな。

家まで送ろうと思っていたけど、ラニアは上機嫌で一人で帰っていった。

「行っちゃったね」

「う、うん」

ミーニャも当然送るものと思っていたようで、困惑気味だった。ここのスラム街は比較的治安がいいといえども、小さな女の子の一人歩きは推奨されるものではない。


金曜日。日本では、キンキンキラキラ金曜日とか言うらしいけれども、この世界は日曜日が安息日で、土曜日も休みではないので、そういう言い方はしないらしい。

もっともギードさんなんかは定休はなく、ほぼ毎日働いていたけど。

ギードさんと俺作のスプーンは、まずドリドン雑貨店でまとめて買い取りしてもらった。

すでに合計で二十五本引き取ってもらい、一本三百ダリル、合計銀貨七枚と半銀貨一枚になった。

そのままドリドン雑貨店に置かれている。ちょくちょく売れているもよう。このままだと飽和してしまうので、ドリドン雑貨店経由で、余剰分はトライエの商店のほうへ、買い取りで回す予定らしい。こういう小物は、同じものを大量に安く買い揃《そろ》えたい食堂とかに需要があるそうな。

ゴーン、ゴーン、ゴーンと朝の鐘が鳴る。

朝以外も夕方まで鳴っているけど、あまり意識はしない。

朝の支度をして朝ご飯を食べる。今日も大体同じだ。

イルク豆とカラスノインゲンの山椒焼き。ホレン草の塩茹《ゆ》で。フキの塩煮（残り物）。犬麦茶。

豆は山椒でピリッと辛い味にしてみた。

「あっ、なにこれ。ピリッとする」

「ほう、これが辛いんだな、これはこれで」

「美味しいわね」

山椒もそこそこ評判が良かった。


その朝食も食べ終わったころ。

「すみません、ごめんください。エド君、ギードさん」

誰かと思ったら、あまり見かけないラニアの母親ヘレンさんが、突撃お宅訪問をしてきた。

俺たちのようにボロではなく緑の服を着ている。髪と目はラニアそっくりで水色に近い青色だ。

なんだろう、「よくもうちの娘を連れまわして傷物にしたわねムキー許せない」とか言われたらどう言い訳と謝罪をしよう。

「うちの娘が、あんなに、いいものをいただいてきて、本当にご迷惑ではありませんか？」

あれ、ちょっと語気が弱いというか、なんか違う。

家の中に入ってきたヘレンさんは後ろにラニアを連れているが、ラニアは涙目だった。下を向いて悔しそうに、悲しそうにしている。

「いやいやいや、ジャムのことですか？　自分たちで採ってきたものを調理しただけですから、全然問題ないんですよ？」

「そうですか、でも……ただいただくというわけにはいきません」

そう言うと、ヘレンさんが一枚の硬貨を両手で丁寧に差し出してくる。銀貨一枚なら、ほほーんと貰《もら》ってもいい。しかしそれは金色、黄金色に輝いていた。

——金貨一枚。

「えっ、そんなにするのジャムが」

俺は思わず呟《つぶや》いてしまう。

「だってジャムですよ、ジャム、あんな高価なもの」

「そうなのギードさん？」

「さあ、僕は世間に疎くて。ジャムも食べたことはあるけど自分で買ったわけじゃないからわからなくて」

ギードさんも困惑気味だ。

「あの、ヘレンさん。その高価なジャムは、たっぷりの砂糖を使っていませんでしたか？　砂糖や蜂蜜は高価なので」

「あら、そう言われれば、そうかもしれないわね。でもジャムはジャムでしょ」

まあそうなのだが。これには光熱費と三人日《にんにち》の労働対価しかかかっていない。しかも子供の。タダ同然だ。

「これは、おままごとみたいな、子供のちょっとした冒険の結果、手に入れた果物を自分たちで煮ただけですから、たいしたものではないんです。お金はかかっていません」

「そうなの？」

「はい。ね、ギードさん？」

「ああ、にわかには信じがたいが、たぶん、本当だ。僕が保証します」

「ギードさんがそうおっしゃるなら……」

結局金貨は受け取らなかった。

「じゃあ、ジャムを無償でくれるというのですね？　本当に？　ありがとう」

「いえ、いいんですよ、自分たちの分もあるので」

「そうですか、ありがとうございます。ほらラニアも」

「あの、ありがとうございました」

「これからもラニアとは仲良くしてやってください」

ヘレンさんはそう言ってラニアを連れて帰っていった。

最初は非常に申し訳なさそうにしていたけど、最後はニコニコしていたので、大丈夫だろう。

やれやれ、早とちりも困ったもんだ。

ラニアちゃんは先に怒られてしまったのだろう、とばっちりだ。ごめんな。

しかし、ジャムはクソ高い、というのが一般常識だということは、重要な情報だった。

ジャムを作ったことを自慢して歩いたら、うちが襲われるかもしれないことを考えれば、なるべく黙っていようと思う。

いや、もしくは中途半端に高い値段で、ドリドン雑貨店に置いてもらって、おおっぴらに売れば、うちで食べているものも「普段節約して買ってきた」ということに、できるのでは。

自分で作って食べてますってバレるよりは、いいかもしれない。要検討としよう。

恐ろしいことに、ジャムにしたリンゴはまだ二十五個ぐらい。

残りが七十五個前後なので、ビンにして五個はいける。

でもってそんなクソ高いものをビン一杯に詰めるアホはいないので、倍にしても十ビンはいける。

値段にすると相場なら金貨五枚という。

そんなアホな値段になるん？　採ってきたリンゴがだよ。

しかも木には半分残してきたし、他にもリンゴの木はある。

なんで誰も金貨に両替しないんですかね。ゴブリンか、ゴブリンが怖いんか。

それともジャムが高すぎて、自分で作るという発想がないのか？　ああ、そうかもしれない。

作れるというイメージがないと、そもそも自分でやろうとしないのは本当だ。

別に急ぎではないが、早いに越したことはない。ラニアは帰ってしまったけど、また掴《つか》まえに行こう。

俺たちはちょっと気まずいけど、ラニアの家に向かう。

ラニアがいないと対モンスター策が心もとない。

「ラーニーアーちゃーんー」

「はーい」

ラニアのちょっと恥ずかしそうな返事がかわいい。毎回これでいくかな。

「あのね、騒動のジャムを懲りずに量産しようと思って、今日も森へ行きたいです」

「わ、私の出番ですね」

「そういうことです。よろしくお願いします」

「はい」

そう言って、ハイタッチを決める。

「ちなみに捕らぬラクーンの皮算用《かわざんよう》で申し訳ないんだけど、分け前は三分の一でいい？　もちろん現金で」

「いいよっ」

こちらにも狸《たぬき》ならぬラクーンの皮算用という言葉がある。

ラクーンは狸やアライグマに似た魔物の一種だ。断熱性のある毛皮は貴族に珍重されている。

「あぁ、ありがとう」

「こちらこそ、だって（ごにょごにょ）き、金貨なんでしょ？」

「まあそうだねっ」

「はああ」

俺たち勇者パーティーもとい、成金予定パーティーはスラム街を進む。気分はもう凱旋《がいせん》だ。マップチップを進み民草《たみぐさ》を眺めながら、堂々とパレードをする。といった気分で、スラム街を抜ける。特に誰にも邪魔も歓迎もされず、途端に誰もいない草原に出る。寂しい。

まあ、あれだよあれ。こういうのは気分なんだ。

今日の草を収穫しつつ進む。大事なご飯になるので一応は真剣にやる。分別くらいはする。中身は高校生なので。

そういえば高校生までの記憶しかない。そのあとはどうなったか記憶がない。

死んでしまったのだろうか。トラック転生だろうか。

学校の登下校時とか。葬儀には友達ゼロ人でもクラスメイトは来てくれたのだろうか。まあ、くるよな、現役なら。


森へ到着。今日もシュパッと祝福をしてもらい森へ入る。どんどんやろう。

この前の青リンゴの木を目指しつつ周囲を広めに見て、他にめぼしいものがないか探す。

いつなんどきチャンスが舞い込んでくるかわからない。

お、おおおお。二本目の青リンゴの木だ。

たわわですよ、たわわ。

おっぱい以外で初めて使ったわ、たわわ。少し下に落ちているが、まだまだたくさんなっている。

「ここにもリンゴがある」

「「おおお」」

俺たちは、お金の匂いに喉を鳴らす。お金があれば、うまいものが食べられるとすでに学習している。特に肉。本当なら肉も獲《と》りたいんだけど、獲り方がいまいちわからない。

日本では狩猟免許とかないと、ほとんど獲ることができないし、場所や獲物の種類、罠《わな》の種類などが限定されている。そんなの高校生で知識がある人は少ないだろう。

それはそれとして。青リンゴ、採りまくりんぐ。

この辺はまだ人間の気配がするので、もしかしたら動物やモンスターが少ないのかもしれない。

ゴブリンは人間を襲うこともあるが、怖がることもある。あんまり頭が良くなさそうなので、何も考えていないという線もある。

とにかくそういう理由で、たまたま荒らされていないのだろう。

落ちたリンゴにはネズミかリス、ウサギがかじった跡がある。

全く何もいないというわけでもないらしい。リンゴ二百個あまりを収穫した。

「大量だあ」

「ああ、いいね」

「幸先いいですね」

そして一本目の青リンゴの木を目指す。

「あった」

「まだ残ってますね」

木には残してあった百個あまりのリンゴがなったままだった。

この短い間に誰かもしくは魔物などに荒らされていないか、ついつい考えていた。

案ずるより産むがやすし、とは言うが実際可能性というのは、ゼロじゃなければ不安になる。

ゴブリンとのヒット率だってそうだ。とにかく敵が来る前に採ろう。

「さっさと採っちゃおう」

「う、うん」

「えへへ、お金」

ミーニャの目が金になってる。しょうがないとはいえ、危険な兆候だ。

「ミーニャ、ラクーンだぞ。先に金を考えちゃダメだ。お金に溺れると危険だ」

「え？　あ、うん、よくわかんないけど、わかったぁ」

こりゃダメだな。単純思考だから執着まではいっていないのだろう。

ただ目の前にお金がちらつくだけで。

「リンゴ、リンゴ、リンゴ……」

ミーニャちゃんは謎のリンゴの即興歌を歌いながら、収穫を進める。

俺たちは、集中を乱されるけど、頑張って作業する。

お金ではなくリンゴに注目してくれているだけでも助かる。こうなってくると一種の仕事だな。

別にニートを目指しているわけじゃないけど、仕事だと思うとやる気が減ってくる。しかしそうなると、お金への欲望もたまには重要だ。

「ほとんど採っちゃったね」

「ああ」

木はほとんど葉っぱだけに戻り、リンゴはひどく傷んでいるものだけ残してある。

これはリスとかが食べるだろう、知らんけど。

早めに帰る。こういうときにエンカウントはぜひとも避けたい。ある意味、一番気が抜けないのはこういうときだ。貧乏人は小金相当を持ち歩いているときが、一番ドキドキする。

森を無事に抜けた。そのまま草原も抜けた。

「ふぅ」

「ああ、戻ってきた」

「えへへ、街は安心だね」

ここは草原からすぐのスラム街の端だけど、非常に落ち着く。

リンゴはバッグとアイテムボックスにパンパンに入っている。容量はぎりぎりといえる。

早く帰ろう。

難癖とかつけられませんように、と祈りながら家まで戻る。

自分の家が見えたときは、涙出ちゃいそうだったわ。

「戻って、きた」

「ああ、うん、ごめんください」

「ただいま、ママぁ」

ミーニャは案外あっけらかんとしている。ラニアは自分の家ではないので、普通。

俺は完全に、腑《ふ》抜《ぬ》けになっている。

「あの、エド君、悪いんだけど、ジャムにしないの？」

「ああそうだな」

「やり方は見てたからわかるわ、ナイフ貸してもらってもいい？」

「いいよ」

使えない俺に代わって、ラニアが作ってくれた。リンゴを多めに入れてジャムを鍋で煮る。

第一弾のジャムができたら、ちょうどお昼だったのでご飯にした。

うちでは普通になってきた各種野菜つき料理も、まだラニアは遠慮がちに食べた。

今朝ジャムで怒られちゃったのが、まだ尾を引いてそう、マジごめんな。

午後は俺も復活して、ジャムをひたすら作る。

こうして夕方にはジャムが約四十ビン完成したのだった。

ちなみに空きビンは手持ちのお金とラニアの先行投資で、ドリドン雑貨店に買い付けに行ったんだけど、用途を当然聞かれた。

そしてジャムの現物を見たドリドンさんはその場でビンの無償提供を決めて、俺たちからお金を取らなかった。

ドリドンさんマジ、商才あるわ。デキる商人を相手にすると、楽でいい。

こうしてジャムは、無事にドリドン雑貨店のスポット目玉商品として、棚を飾った。

閑話　ラニアと黒髪の少年

エド君との付き合いはいつからだったかな。

私はラニエルダのスラム街の生まれだった。

ラニエルダができて数年。私はエルダニア出身の両親から生まれた。

珍しく、スラム街で生まれた子供だったらしい。

そうしてラニエルダから文字を取って名付けられたから「ラニア」という。

今までは子育てどころではなかった。

子供も連れて逃げてきた人はいたけど、新しく産もうとする人は少なかった。

それがやっと治安もよくなってきて、子育てできる環境になりつつあった。

両親は元々、商店の荷馬車隊の護衛の仕事をしていて、治安が多少悪くても自分たちが強いから平気だと言っていた。

両親と私はマギ族だった。ヒューマンとは別の種族ということになっている。

外見的特徴はほとんど同じなのだけど、魔法を得意とする。


私も小さいころから指先から火の玉とか水鉄砲とかを出して遊んでいた。

魔法は常に自分と共にあって、自然と強い魔法も使えるようになった。


スラム街の子供たちとも遊ぶようになったんだけど、自分がマギ族だということが知られ、気がついたら私はみんなから距離を取られるようになっていたのだ。

マギ族は魔法を使う「暴力女」だから怖いって言われていた。

悔しかった。悔しくて暴れれば余計怖いと思われてしまう。

そうして私はいつしか孤立していた。


そんなとき、どこからかエド君という子がスラム街に流れ着いて住むようになった。

私の家は城門からちょっと先の塀の近く。

エド君の家は門とドリドン雑貨店からすぐだったので、家が近かったのだ。

私がスライムトイレに行ったり朝の水汲《みずく》みをしたりドリドン雑貨店へお買い物に行ったりすると、ちょくちょく見かける機会があった。

いつの間にか言葉を交わす仲になって、気がついたら私をマギ族だからと偏見の目を向けてこない唯一の子になっていた。

他の子は私のことを美少女だと噂《うわさ》はするものの遠巻きに見てくるだけで近寄ってはこなかった。みんな私が怖いのだろう。でもエド君だけは違ったのだ。

「だから私もエド君が好きなんだわ」

口に出してみるとちょっぴり恥ずかしい。

私は自分で言うのもなんだけど、精神年齢が高めなんだと思う。

みんなよりお姉さんなのだ。

だからミーニャちゃんみたいにベタベタしない。

エド君は好きだけど男の子と女の子は清く正しく距離を少し空けるものなんだから。

でも……本当はたまには甘えたい。ミーニャちゃんみたいにエド君に頭を撫《な》でてもらって「いいこいいこ」ってしてもらいたいの。

でも本当のことは言えないもん。恥ずかしいからね。

そうしてある日、森へ行くのに誘ってくれた。

リンゴとブドウ、それからサトイモやフキも採った。ゴブリンをやっつけた。

でも本当はゴブリンとはいえ怖かった。戦ったことは実はある。

でも実戦経験はほとんどなかった。ゴブリン相手でも死んでしまう人もいる。

エド君たちの手前、私は怖がっていられなかった。私が頑張らなければエド君とミーニャちゃんが死ぬことになってしまうかもしれないから。

そして私だけでなくエド君も一緒に戦ってくれた。

近づくのは私だって怖い。それなのにエド君はブスリと刺したのだ。

勇敢だと思った。

そしてリンゴやブドウをそのまま食べるのではなく、ジャムに加工するという。

甘いジャムはとっても美味《おい》しかった。

それもこれも、全部エド君と一緒だったからできたことだ。


私のことを怖がらない唯一の存在、エド君。

そしてとっても優しくて勇気がある、とても強い子だ。

そんなエド君だから私は彼が好きなのだった。


ミーニャちゃんもいるけれどライバルだとは思っていない。

一夫多妻制は認められている。エド君は出世すると思う。

エド君なら二人くらい面倒見てくれると思う。

今は貧乏ではあるけれど、生活は少しずつ良くなっている。

そしてエド君の活躍もあり、さらに最近はお金も貰《もら》えるようになったのだ。

みんな種族は違うけど、私たちは仲良く幸せになりたいと思う。

六章　金貨とご飯。食うべきか食わざるべきか

土曜日。前回ハーブティーを納品したのが日曜日の夕方。

水曜日の朝に犬麦茶を納品して、三日経《た》った。最初のハーブティーは三日で売り切れたけど、二回目は犬麦茶も投入したので販売がばらけて、なんとか残っていた。

今日は両方の追加生産をしようと思う。

「ということで、本日はスペアミントとイヌムギの収穫です」

「はーい」

ミーニャがいい返事をする。

ラニアを迎えに行き、その足で草原に向かう。さてキノコは生えてるかなぁ。

キノコは昨日なくても今日は生えている、ということがあるので、要確認。特に雨の翌日とか。

「本日のメインターゲットはスペアミントとイヌムギだから、あといつもの草は俺が採るから大丈

夫だよ」

「「はーい」」

ということで作業に入る。

ミントを採って、採って、採って、イヌムギを採って、採って、採って。

慣れてくると、倍くらいの速度まではいける。三人になったので、効率もいい。

お、ムラサキキノコだ、鑑定。

【ムラサキメルリアタケ　キノコ　食用可（美味）】

「お、これはムラサキメルリアタケじゃん。ムラサキキノコだ」

みんなに内緒で持って帰ろう。採るものは多かったけど、午前中でなんとか作業を終えた。

「ハイ終わり、ありがとうございました」

「はい、お疲れさま」

「お疲れさまでした」

労働者みたいに挨拶をして、街に戻ってくる。


お昼だ。今日のお昼のメニュー。イルク豆とカラスノインゲンとサトイモの水煮。ムラサキキノコとタンポポと干し肉の炒め物。ホレン草《ソウ》の塩茹《ゆ》で。犬麦茶。

「あ、エド、どこからキノコ出したの？」

「え、アイテムボックスから。生えてたから採ってきた。サプライズ」

「やったっ」

「あれは、美味《おい》しかったですね」

どんどん調理していく。

「ラファリエール様に感謝して、いただきます」

「「いただきます」」

相変わらずラニアは礼儀正しい。

「うまぁぁ」

「美味しいにゃ」

「美味しい、です」

ミーニャは今日もご機嫌。ラニアは本日もうれしそう。ギードさんとメルンさんも満足そう。

いやあ、本当に豆だけだったんだよな、二週間前までは。

「ところでさ、これ、ムラサキメルリアタケっていうんだけど」

「うん？」

「ジャムで金貨一枚だったろ、このめちゃうまキノコ、市場で売ったらいくらになると思う？」

「「えっ」」

二人ともその意味を悟り、目をまん丸くして驚いている。

「金貨？」

「金貨、ですか？」

「かもしれない。まだ確かめていないけど、この味だぜ」

「「たしかに」」

茶色いほうもまあまあ美味しいが、あっちは毒キノコと誤解されているから売れないだろう。

このムラサキキノコは目立つうえ、同定が当社比で簡単だ。

市場――トライエの朝市とか専門店でいくらで売れるか、考えるだけで頭が痛い。

「「食べちゃった」」

「まあそうだな。次見つけたら、どうする？　食べれば、美味しいよ？　それとも売って金貨がいいかな？」

「そんなの決められない……」

「難しい問題ですね」

ミーニャもラニアも考え込んでしまった。

さて「食うべきか食わざるべきか」それが問題だ。元ネタはシェイクスピア「To be or not to be」、日本語で「生きるべきか死ぬべきか」だけど、異世界にも似た格言がある。格言「(ゴブリンと)戦うべきか戦わざるべきか」がそれだ。

素人がゴブリンと遭遇したとき、頑張れば勝てるが油断は大敵だ。勝てる保証もないが、負けるとも限らない。逃げたほうがいいか、戦うべきか、難しい問題だ。

これからも食べるか、売るかの判断に迷うことは、何回もあると思う。

ジャムだって、うちがパンを主食にしていたら、隠れて全部食べたかもしれない。

しかしお金を選んだ。

「うにゅう、食べたい」

「でも、お金も欲しい」

「そうだね、意見も割れるかもしれない。大喧嘩《おおげんか》になるかも」

「それはやだな」

「そうだね」

うむ、食べ物の恨みは怖いからね。対立したら、どうやって決めるか、難しい。

幸いにして、今日はすでに食べてしまった後なので、どうにもならない。

「次のムラサキキノコは、冒険者ギルドに持ち込んでみるということでどうでしょう？」

ラニアが提案してくる。

「それがいいかもね」

「そう、だね」

ミーニャが「本当は食べたい」という顔で同意する。なんだか、こういう顔もかわいい。

いや美少女はどんな顔しても、かわいいわ。


午後はスペアミントとイヌムギの乾燥作業をしつつ、スプーンを作る。

「癒《いや》しの光を――ヒール」

ミーニャはラニアにヒールの指導をしているけど、なかなかうまくいかない。

人間には魔法の適性属性というものがあり、適性属性がない魔法は習得が著《いちじる》しく難しい。

やっぱりラニアにはヒールは無理かな。

ちなみに最近メルンさんを観察していてわかったけど、普段使っているのはヒールじゃない。

祝詞《のりと》は「神の癒しを――サクラメント・ヒール」という違う魔法のようだ。

俺の少ない知識を総動員する限り、いわゆる神聖魔法だと思う。ラファリエール様によるラファリエ教徒への治療行為だろう。おそらく、ヒールよりも高等でいろいろなものを癒せるうえに、信仰心を糧にしているので、簡単な怪我《けが》程度ならMP消費が少ない、とかあるんだと思う。

俺はさすがにこれを覚えるのは無理っぽいなぁ、と諦めムードだ。

エルフに連なるものは魔法がお得意だから。

エルフは種族自体が天使の系列もしくは精霊の系統で、神に好かれている。


土曜日、夕方。スペアミントのハーブティーと犬麦茶を納品しにドリドン雑貨店に行く。

慣習的に雑貨店とは呼んでるけど、食料品店というかキオスクまたはコンビニみたいな立ち位置に近いかもしれない。

もうすぐ日が沈みそうだ。この時間になると、お客さんは少ない。

もう少し前の夕食の買い出しの時間帯にはもうちょっと人がいる。

「ドリドンさんこんにちは」

「おお、来たか。もうハーブティーも犬麦茶も品切れだぞ」

「おっと、それはすみません」

「まあいいんだがな。それからリンゴジャムも売れてるな」

「それはよかったです」

リンゴジャムは四十ビン。ひとビン銀貨五枚でうちの取り分は銀貨四枚だ。

ひとビンでゴブリンの魔石と同じくらいというから、結構な値段だ。

「ちょっと待ってろ、今日までの利益をまとめるから」

「はい」

そう言うと帳簿を書き写した紙をくれる。紙といってもパピルスみたいな雑記用の安い紙だ。

正式な書類などは丈夫な羊皮紙が使われていて、洋紙のような本格的な紙はまだない。

ハーブ	二五個	一六〇ダリル／個	銀貨四枚
犬麦茶	二五個	一六〇ダリル／個	銀貨四枚
ジャム	一五個	四〇〇〇ダリル／個	金貨六枚

読めないから商品名だけでも教えてもらう。数字と銀貨、金貨、ダリルは読める。

「は？」

「いやだから、金貨六枚、銀貨八枚だよ」

「そんなに？」

「おう」

これにはミーニャとラニアも目を丸くする。

「金貨でいいかい？　銀貨や混合でも出せるけど」

「あ、じゃあ金貨五枚、あと銀貨で」

「はいよ」

半銀貨はあるけど、半金貨はなぜかない。

「ではラニア、頑張りましたね。三分の一で金貨二枚、銀貨三枚です」

「え、いいの？　計算はちょっとわからないのだけど」

「いいのいいの」

「あ、ありがとう」

ドリドンさんから金貨を受け取った後、ラニアに分け前を払う。

「金貨が二枚も」

ラニアの母親ヘレンさんが出そうとした、ひとビン金貨一枚よりは安いけれど、かなりの金額だ。

俺も金貨を渡す手が震える。

ラニアはギュッと金貨を握りしめる。その手の力の入れ方に、思うところがないわけではない。

みんなで協力してリンゴを採ってきた。ゴブリンに会うかもしれない。実際にその前のときはゴブリンと戦闘になった。リスクを取ったうえでその対価のうちの三分の一が手に入った。

「う、うわああああああんん」

ラニアちゃん、また泣いちゃった。でもこれはうれし泣きだ。

そっと背中をミーニャがさすってやっている。

お店の前で泣かれて、ドリドンさんも困るだろうけど、許してやって。

ミーニャは何でもなさそうだ。ある意味で大物かもしれない。

「ひぐっ、ひぐっ、リンゴが、ひくっひくっ、ゴブリンが出てきて、ひくっ」

「そうだな、うん」

思い出しているのだろう。俺たちは頑張った。

主に頑張ったのはラニアだもんな、そりゃあ思いは強いだろう。

帰宅途中の人がラニアが泣いているのを、どうしたんだろう、という顔で見てくる。別に悪いことをして怒られたわけではないので、堂々としていればいい。のだろうけど、どんな噂《うわさ》されちゃうか、ちょっと困る。

『ミーニャとラニアの男をめぐる痴話喧嘩』

『あのエドは女の子を泣かしていた』

『呪われたエドに関わったラニアはひどい目に遭って、泣いてしまった』

こんな感じか。スラム街も広くはないので、噂はすぐに広まる。

ヤバいレベルの誤解はひっそりとドリドンさんが訂正してくれるだろう、たぶん。

おっちゃん頼んだぜ。


雑貨店で欲しいものはないかな。なんかいいもの。んー。

ここには野菜やキノコは売っていない。イルク豆は大量に売っているけど。

イルク豆、塩、黒パン、小麦粉、干し肉、魚の干物、ドライフルーツ、オリーブオイル。

スプーン、コップ、深皿、鍋、魔道コンロ、ヘラ、薪《まき》、ナイフ。

ビン、壺《つぼ》、小壺、瓶《かめ》、水瓶《みずがめ》。

中古服、下着、靴下、靴、ベルト、背負いバッグ、袋、麻袋。

毛布、ロウソク、石鹸《せっけん》、パピルス、羊皮紙、筆記具。

薬草、ポーション、包帯、エール、ミード。

片手剣、盾、槍《やり》、杖《つえ》。

俺特製のハーブティー、犬麦茶、リンゴジャム。

あとは誰かが中古を売った謎のアイテムが少々。

うーん。あんまり欲しいものはない。

ポーションはちょっと欲しいけど、メルンさんのほうが便利だからなぁ。

油と小麦粉があるので、料理ができれば何か作れるかな。ドーナツとか。

「そうだ、ドリドンさん」

「なんだい」

「これ試食品。売るつもりはないけど、一応」

「おお、これは。ありがとう」

俺はブドウジャムを出す。ドリドンさんは売り物の黒パンを一つ出すとナイフで切る。

奥にいる奥さんを呼びに行って、一緒に戻ってきた。

「ほいミレーヌ、これブドウジャム」

「まぁまぁ」

奥さんもおっとりタイプだ。メルンさんとは気が合いそう。

「んんんっ」

「まぁ美味しいわ」

リンゴは甘いには甘いが突き抜けるほどではない。

それに対して、このブドウジャムはかなり甘い。

「これ、入手はできないのか？」

「んー、探せばあるかもしれないけど、確証はないよ」

「そうか、残念だ。できるなら欲しいな」

「まあ、近いうちに探してみます」

「頼む」

森に行けばジャムができるくらいのこと、ドリドンさんは知っているのかな。知ってそうだな。

でもあえて自分で危険は冒さないタイプだ。さすがDランク。

ちなみに表示されるだけで、なんのランクなのかは知らない。たぶん冒険者ギルドでいう「魔物基準」の危険度ランクだと思う。ゴブリンも俺たちもEランクだ。

日曜日。ゴーン、ゴーン、ゴーンと三の刻、午前六時の鐘が鳴る。

「むにゃむにゃ、エドぉ、おはようぉ」

「ああ、おはよう、ミーニャ」

「にゃはーん」

ミーニャが寝ぼけて今朝も抱き着いて、甘えてくる。

朝の支度をして、朝ご飯を食べる。

「さてお金も入ってきたし、もう少し食生活を豊かにするべく、今日も草原に行こう」

「はーい」

まずはラニアを掴《つか》まえよう。城壁沿いにちょっと進んだ先の家だ。

「ラーニーアーちゃーんー」

「は、はーい」

照れ照れで返事をしてくる。かわいい。

ラニアの家はうちより裕福だけど、当初は貧乏だったのか、家はうちよりもボロい。

引っ越したりしないんだろうか。

この辺は城門にも近く、スラム街の中でも一番治安がいいので、手放したくないというのもわかる。

うちもそうだ。実際には貧乏で引っ越しようがないんだけど。

「今日は草原で、サラダや香味野菜、特色のある植物とかを探します」

「「はーい」」

本日も勇者パーティーはＲＰＧのようにマップチップを進み、スラム街の道を歩いていく。自分の後を、後続の二人が一列でついてくる。本当はスラム街の道も狭いには狭いが三人くらいは横に並べる。

ただし馬車は安全に通れるほど広くはない。

あと家より道のほうが低くなっているため、雨が降ると道は川みたいになる。下水はないので、道が排水溝代わりなのだ。家が水浸しにならないようにする、生活の知恵だ。いつからそういう造りになったかは知らない。物心ついたときには、すでにそうだった。

家並みも途切れ、切り株のある草原に出た。まず目についたのはこれ。鑑定。

【サニーレタス　植物　食用可】

玉にならないレタスだ。タンポポ草も悪くはないが、いかんせん葉が小さめなので量を採るのが大変だ。これはいい。葉っぱも大きめ、そして苦くもなく癖がない。サラダに最適だ。

「これはサラダにすると、青臭くもなくて美味しい」

「にゃあ」

「なるほど、ですね」

この辺にはけっこう生えてるな。

葉っぱを何枚も取って、そして庭に植える用に根っこごといくつか採取する。

さて、他にはないかな。お、これなんかいいじゃん。雑草より大きい葉っぱ。単子葉類。

【ショウガ　植物　食用可】

「これはピリッと辛い」

「へぇ」

「これは若い株だから、洗って生でいける」

「へぇ」

若い「葉ショウガ」は生のまま味噌《みそ》を付けて食べるとうまいんだけど、残念ながら味噌はない。甘酢漬けとかにもするらしい。どう使うか考えものだけど、どうしようか。

さて他には何かないかな。

「ねえねえこれは？」

単子葉類。葉っぱがまっすぐに伸びている。

お、いいじゃないですか。

【タマネギ　植物　食用可】

「これは焼くと甘い。生だとちょっと辛い。どっちも美味しい」

「ふーん」

「野菜の定番ベストテンには入る、ナイスだ」

「やった。褒められちゃった」

ミーニャが期待した目で見上げてくる。あーはいはい。

「なでなでー」

「はわわわ」

頭を撫《な》でるとすごくよろこぶ。

お父さんはあんまり頭を撫でてくれないもんね。いやあの人、ミーニャがかわいすぎて、頭に触るのも避けてるみたいで。触っちゃダメだと思っている節がある。

もういいかな、いつもの葉っぱ類も収穫したし。

「よしでかした。おうちへ帰ろう」

「「はーい」」

「ラニアも食べていくでしょ？」

「はいっ」

ということで帰還する前に、ドリドン雑貨店に寄っていく。

「ドリドンさん、オリーブオイルと小麦粉ください」

「はいよ。なんだい料理に目覚めたのかい？　前はイルク豆ばかりだったのに」

「あはは、ちょっとそうなんですよ」

「それがいい。豆だけなんて、とてもすすめられないよ」

「そうですよね、もっと言ってやってください」

「まあでも貧乏だとイルク豆一択だよね、わかるよ」

「そう、なんですよね」

ということで油と小麦粉をゲット。今まではこれすらなかったという貧乏っぷりだったのだ。

今度こそ家に帰る。

「ただいま」

「ただいまぁ、ママぁ」

「おじゃまします」

さてお昼の料理だ。イルク豆、カラスノインゲンを茹でる。それからサラダ用のレタスを適度なサイズにちぎっておく。あとは定番、天ぷらの「かき揚げ」をしようと思う。

タマネギ、ショウガを薄切りにする。細切りまでにはしない。タマネギのかき揚げ。タマネギ、イルク豆、カラスノインゲンのかき揚げ。ショウガのかき揚げ。タンポポ草の天ぷら。

それから、じゃじゃーん。エルダタケの天ぷら。

また密《ひそ》かに一株だけ見つけたので、天ぷらにする。マイタケの天ぷらとか美味しいので、たぶんこれもいける。

水に小麦粉を溶き、それに具材を混ぜる。

ヘラで一個分を取ると、オリーブオイルを深さ二センチぐらい入れて熱した鍋に入れる。

じゅわあああ。

油で揚げる音がする。

「なにこれ！　なにこれっ！」

「これが天ぷらだよ」

「「天ぷら」」

テンプラが完成した。油を切り、べたべたしないように気をつける。

天つゆもいいけど、塩も悪くない。ここには塩しかないけど。主食のイルク豆とは別に天ぷらを置き、手で食べる。

あーね、スプーンで天ぷらは食べにくいからね。

ぱく。

「美味しー」

「美味しい、ですね」

「おお、すごいじゃないか、エド君」

「美味しいですね」

みんなに大好評だ。タマネギの甘いのもいい。ショウガのピリッとしたのもいい。

タンポポ草の葉も悪くはない。

「キノコも美味しぃ」

やっぱエルダタケだな。ムラサキキノコほどではないがうまい。

「あああぁああ」

「どうしたの？」

「せっかくだから、タンポポは花を摘んでくればよかった」

「花を食べるの？　面白そうだし綺麗《きれい》ね」

「でしょ、でしょ」

いつものように葉っぱだけしか摘んでこなかったから、ちかたないね。

金貨が飛び交う殺伐とした日もいいけど、こういう美味しい日があってもいいと思うんだ。

というかブドウジャムはまだビン一個分だけ作っただけで、残りのブドウは家に保管してある。

在庫を捌《さば》けば十ビンくらいはできる。

「じゃあ、午後はブドウジャム作りをしようか」


青リンゴジャムは爽《さわ》やかな感じだった。それに対して試作のブドウジャムは確かな甘さがある。

好みの問題ではあるけど、ブドウジャムのほうが美味しいと思う人は多いだろう。

そんな期待の一品だ。

保管してあるブドウを入るだけ鍋に入れて煮る。

「では煮ます」

「「はーい」」

後ろにはルンルン気分の二人がいた。

「ブドウジャム～ブドウジャム～」

ミーニャがブドウジャムの即興歌を歌っている。ラニアも期待の眼差しを向けていた。

「ねえねえエドくぅん。あのね、お願いがあるんですけど」

いつになくラニアが甘えた声を出してくる。

普段丁寧語スタイルの真面目女子がやると、ちょっとエロかわいい。

「ブドウジャムもその、ひとビン……」

「あっ、ああ、いいよ。ラニアの分、分けておくよ」

「やったっ、エド君、スキッ」

ガバッと抱き着いてきた。おっと今日のラニアちゃんはちょっと積極的だ。

まだ六歳だというのに、これは魔性の女の子になりそうだ。

くっついているところが温かい。それにミーニャより全体的に柔らかい。

いい匂いがする。

くっ、中身が男子高校生だからな、アレは反応しないけど、心はムラムラする。

心頭滅却、火もまた涼し、鎮まれ俺のリビドー。

どりゃあああぁ。

「はぁはぁはぁ」

「どうしたのエド君？」

「な、なんでもない」

ちょっとラニアがいつになくエロかったとか言えない。

「鍋見ててあげます、休憩したら？」

「ありがとう、そうする」

庭に出て、また空を見上げる。今日もワイバーンの群れがデルタ飛行編隊で飛んでいる。

渡りだ。数は七匹。家族なのだろうか。それとも適当な単位の群れなのかな。

竜ほどではないけど、ワイバーンは強い。そんなワイバーンも寒さには弱いと。

いつかはワイバーンと戦って、ワイバーンの唐揚げ、食べてみたいな。

ミーニャとラニアにも食べさせたい。

ワイバーンと戦う……。

まずはゴブリンからだ。この辺にはあと、一角ウサギ、ワイルドボア、ウルフなんかがいる。

一角ウサギはモンスターなのか動物なのかわからないけど、魔石が取れるので、モンスターに分類されると思う。

ただし基本的には臆病《おくびょう》で、人間の気配を感じると逃げてしまうので、あまりエンカウントしない。

だから戦闘してレベル上げをするとしたら、ゴブリンがメインになるのかな。

お肉が欲しい。

小さな普通のウサギやネズミなんかはいるから、小型動物用の落とし穴でも作ってみようか。

金貨を手に入れたから直接お肉を買ったり、冒険者ギルドとか酒場でお肉料理を食べてもいいけど、どうしよう。

お金は使っちゃったらそれで終わり。だからできれば武器とか将来も役立つものに投資したい。

「さてジャム作りに戻るか」

すでに第一弾は完成して、ビンに移して今は冷ましているところだった。

第二弾を火にかけて、煮始めている。

「どう？」

「早く食べたい」

「まあ、そうだね。夕ご飯にはまだ、ちょっと早いね」

「う、うん」

今日は日曜日だからパンと干し肉の日だ。

地球だと「肉と血」といえば「パンとワイン」のことだけど、ラファリエ教では「パンと肉」というのが定番のお供え物なのだ。だからうちでもちょっと無理して黒パンと干し肉が出てくる。もっと裕福な貴族とかは、白パンとオーク肉のステーキなどを食べて、祭壇に「聖水と黒パンと干し肉」を飾るのだと、母親トマリアに聞いた。

聖水が何を指しているかは知らないが、異世界なのでマジもんの聖水の可能性もある。

ジャム作りは続いた。

魔道コンロが一口だけだし、鍋もそこまで大きくないので、一度に大量には作れない。

このコンロは家庭料理を対象にしていて、仕事で量産する用途は考えられていないので、しょうがない。

夕方、ビン十個をドリドン雑貨店に納品した。

「お、持ってきてくれたか、さすがエド」

「はい。どうぞ、少ないですけど」

「いやいいんだ。どれどれ」

検品してくれる。壺じゃなくて、ビンだから中身がよく見える。

小さい安い壺もよく塩などを入れるものとして、活用されている。

「オーケーだ。ありがとう、エド、助かった」

そういって背中をバシバシ叩《たた》く。

やめてくれぇ。俺はひ弱なんだよ。痛い。


その日の夜。まだラニアがいる。結局うちで一緒に夕ご飯を食べていくことになった。

本日のメニュー。日曜日なので黒パン、一人一個。ブドウジャム、リンゴジャムお好みで。主食はイルク豆。カラスノインゲンとホレン草と干し肉のニンニク炒め。フキの塩煮（残り物）。レタスとタンポポのサラダ。犬麦茶。

前より結構豪華になったと思う。特にお肉の量は倍近い。値段も一人銅貨二枚相当。日本円にしたらたったの二百円なんだけどね、それを今までは捻出できなかった。

メルンさんが両手を合わせて祈る。

「ラファリエール様へ、日々の感謝を捧《ささ》げます」

「「毎日、見守ってくださり、ありがとうございます。メルエシール・ラ・ブラエル」」

定型句を告げる。

「さあ、食べようか」

今日はブドウジャムがある。試食はこの前したので、美味しいのも知っているけど、期待値は高い。みんなでジャムをスプーンで取ってパンに塗る。

そういえば、あのバターナイフみたいなものは存在していない。

「うう～ん。ブドウジャムおいちい」

「美味しい、です」

「ああ、美味しいな」

「美味しいですね」

みんなパンから食べるんだね。ブドウジャム、美味しいもんね。

パンは硬いけど、モグモグとよく噛《か》んで食べる。

塩気の強い干し肉とニンニクで、濃い味になった炒め物も食べる。

それからさっぱりしているサラダ。味に変化があるとうれしい。

特徴のある味が際立っていると、なお美味しい。

七章　投資資金。武器の購入とお茶の権利

はぁ、また月曜日だ。学生ないしオフィスワーカーには毎週くるこの曜日がつらい。

異世界にも同様の考え方はある。曰《いわ》く「悪魔の月曜日」。

一日休んだだけで、仕事に行くと何か問題が発生しているというジンクスらしい。

ゴーン、ゴーン、ゴーン、と今日も鐘が鳴る。

「むにゃぁ、あ、エドおはよう」

「ミーニャ、おはよう」

頭をぐりぐりして甘えてくる。本当にこの金髪頭は綺麗《きれい》だ。

俺が手櫛《てぐし》で自分の寝癖を直している横で、ミーニャが母親のメルンさんに高価な櫛で梳《と》かしてもらっている。

背中の途中まである綺麗なストレートの金髪。エルフに連なるものの特徴だ。

ギードさんも長髪というほどではないが、ボブカットぐらいなので、人族の男性に比べたら長くしている。

やはり綺麗な金髪だったりする。しかも顔もイケメン。

絶対、創造主は人族とエルフを作るときにエルフを贔屓《ひいき》したはず。

それでも我らがラファリエール様はえらいし、尊敬する主神様だ。

基本的にはラファリエ教は一神教だけど、土着の神々といわれる、数多くの神様がこの世界にはいる、とされる。ただ他の神様は下の位で正確には同じ神とは思われていない。

他の神は上級精霊という扱いらしい。ラファリエール様が事実上の唯一神なのだ。

ささっとメニューがちょっと豪華になった朝食をいただく。

「さて、行ってきます」

本日向かうは、勝手知ったるドリドン雑貨店だ。

「ねえ、ドリドンさん」

「お、エドか。朝からなんだい？」

「俺でも買える剣とかある？」

「普通のでよければ、これとか、あとはこっちの木刀だけど」

「木刀ねえ、ゴブリンに木刀で勝てるかな？」

「木刀舐《な》めちゃダメだよ。殺傷能力はある。でもゴブリンなら鉄の普通の剣のほうがおすすめ」

「だよねえ」

そう言って、ドリドンさんは奥の隅のほうに放置された、剣と木刀を指差す。

その鉄の剣、まだ使えそうだけど、放置されすぎて錆《さ》びてないですかね。

「そうだなぁ、俺んとこの剣は十歳くらいの年齢の初心者向けなんだ」

「それで？」

「六歳だと身長がな、冒険者ギルドなら子供用があるかもしれんが」

「子供用か、んんー」

できれば長く愛用したいけど、下取りに出してもそこそこにはなるだろう。

また冒険者ギルドか。コミュ障にはきついが、行くか。

「わかった、ドリドンさん、ありがとう」

「すまんな、置いてなくて」

「いいっての」

ミーニャを連れて、城門を通る。途端に景色が街になる。

冒険者ギルドまでまっすぐ進むだけだ。

「あ、ラニア連れてくるの忘れた」

「あーあ、知らないんだ」

「ミーニャ、そんな」

冒険者ギルドでは前回、ラニアが対応してくれたので、今回は俺かミーニャがしなければならないが、ミーニャはちょっと苦手そうだ。

ミーニャはコミュ障ではないが、まだ幼い。あとあのエルフの受付嬢がじっと見てきて苦手そう。


噴水広場に到着した。

「しょうがない、入るか」

「うん」

ミーニャが俺の服の裾を掴《つか》んでいる。不安なのかもしれない。

こういう態度をされるとコミュ障の俺でも、なんだか守ってやらないと、という気になってくる。

「ごめんください」

「おじゃまします」

ガランガランとカウベルが鳴る。中はこの前より人が多く、受付もガラガラではない、列ができている。

順番待ちカードみたいなものはない。

「し、失礼します」

素直に列に並ぶ。なおフォーク並びとか徹底しているわけもなく、受付嬢ごとに列があった。

俺たちが並んだ先を見ると、げ、例のエルフちゃんだ。

隣の列のほうが長い。そちらは優しそうな人族っぽい女の子が受付嬢だった。あっちの子のほうが第一印象はいいもんね。

もちろんエルフも見た目はいいけど、性格が尖《とが》っていると思われている。

だが、ミーニャに気を使いまくっている以外は普通だった。

列は三つ。もう一つは歴戦の勇士っぽいスキンヘッドのオジサンだった。そちらの列はそっちの趣味なのか筋肉戦士とか、あとオジサン好きの腐女子っぽい子とかが並んでいる。

あーあ、俺も純真な子供の目で、オジサンの列を評価したかったわ。

どうしても地球の知識が邪魔をして、素直な評価はできない。

「列、長いね」

「うん」

ミーニャの感想を聞きつつ、再び観察する。

オジサンの列は別に腐女子ではなく、実益重視の人が多いっぽい。

並んでる側もどうやら慣れてるベテラン勢なのか、説明も短いのだろう、列の進みが早い。

俺もそっちにしておけばよかったが、もう半分進んでいると、今更並びなおす利益はない。

「はい、次の人ぉ。あっ、エルフ様ではないですか？　どのようなご用ですか？」

明らかにミーニャに聞いているが、耳を赤くして俺に隠れてしまう。だから俺が答えるほかない。

「あの、俺でも持てるゴブリン討伐とかが可能な剣が欲しいんですけど、金貨一枚以内ぐらいで」

「そうですか。それなら奥の売店コーナーですね。すみません。そちらで聞いてください」

「はい」

散々並んだのに、たらい回しだった件。

確かに右側が酒場、左側が売店になっている。左側奥には、武器類も置いてあった。

そこのお姉さんに聞いたところ、俺に合いそうな剣を四振り出してくれた。

どれも子供用の木刀、鉄の剣、装飾がある鉄の剣、そして貴族様ご用達《ようたし》ミスリルの剣。

どう見ても鉄の剣を選ぶしかないよね。問題はどっちにするかだけど。

装飾がただの飾りで高いだけならシンプルな鉄の剣一択となる。

「こちらのシンプルなほうは銀貨七枚です。普通の子供用の鉄の剣です」

「はいっ」

特筆することはない、鉄の剣。鑑定。

【子供用の鉄の剣　武器　普通】

「こちらの装飾がある鉄の剣は、少しお金があるおうちの子が愛用するような剣ですね」

「んんー」

「でもこれ見た目がいいだけじゃなくてですね、魔法付与がしてあってね」

「魔法付与」

「そうね。【切断】の魔法付与ですね。これは実戦向けなんです」

「おーすごい」

【銘《めい》「クイックカッター」
子供用の鉄の剣　武器　良品
魔法付与：切断】

お、いつもより鑑定が詳しい。名前がついていて、人みたいに詳細が出ると。なるほどね。

「これは切断の剣。銘がクイックカッター。お値打ち品ですね、金貨一枚ちょうどです」

「やっぱり金貨か、くぅ」

「コスパは最強です。いかがです？　ミスリルのほうは丈夫ですが、残念ながら攻撃力は見かけ騙《だま》しですね」

「ぐぬぬ、商売がうまい。切断の剣、買った」

「お買い上げ、ありがとうございます」

切断の剣を買った。これは遊びや趣味ではない、自分への立派な投資なのだ。

断じて、言い訳ではないぞ、言い訳では。ぐぬぬ。

このままでは、ぐぬぬ族になってしまいそう。

資金は残り金貨三枚と銀貨が数枚。

もちろん全額使って、すっからかんになる気はない。

「ミーニャは杖《つえ》とか欲しい？　単独でもゴブリンを倒せるようになってほしいんだ。できればもっと強い敵も」

「もちろん救世主様がお望みとあらば、このミーニャ、なんでもしてみせるよ」

なんでそこまで俺に忠誠を誓っているのか、ミーニャよ。一宿一飯の恩義とかでもあるまいに。

「杖がいい？　それともヒーラーだけど剣にする？　メイスがいい？」

「うーん、正直なところ、よくわからないわ」

「そうだよね」

「ラニアちゃんかママに相談したいかも」

「そっか、じゃあラニアを呼びに行くか？」

「うんっ」

冒険者ギルドまで頑張って来たけど、一度戻るか。

二度手間だとはいえ、ラニアがいないのに気づいた時点で戻らなかった俺が悪い。

「ありがとうございました」

「いえいえ、頑張ってね」

売店のお姉さんに応援してもらって、ちょっと鼻の下を伸ばしつつ、冒険者ギルドを出る。

ふう、今日も悪漢に絡まれたりはしなかったな、案外大丈夫なのか、冒険者ギルド。


とぼとぼ歩いて城門を素通りし、ラニアの家に行く。

「ラーニーアーちゃーんー」

「は、はーい、今、出ます」

ラニアだった。今日は俺たちよりいい服、青と白のワンピースを着ている。

「ラニアどうしたの？　服」

「えへへ、買っちゃいました」

「金貨で？」

「ううん、銀貨のほうです」

服は一番高いと金貨だけど、掘り出し物を探せば色染めしてあっても、中古なら銀貨で買える。

茶色い量産品の服はもっと安い。その中古ならなおさら。

やっぱり女の子なんだなぁ。かわいいなぁ。

「似合うよ、ラニア」

「そう、やったっ」

うれしそう、かわいいなぁ。

「実はこれ、魔法付与で攻撃魔法アップ。貴族のお嬢様のおさがりだけど、需要がないらしくて、掘り出し物の特売品。お母さんが昨日買ってきてくれたんです」

「へえ、すげえ」

「でしょでしょ、すごいんです」

俺も切断の剣、見つけてきたけどな。

張り合っても仕方がないか。パーティーメンバーの戦力増強はよろこぶべき出来事だ。

「俺もな、切断の剣買っちゃった。金貨一枚」

「すごいじゃん、でも高いね」

「まあ、そうだな」

剣をアイテムボックスから出して見せる。

別に腰に下げてもいいんだけど、一応、隙《すき》を見て収納してあった。

街中だと出し入れすると目立つから、仕方ない、出しておくか。

金貨一枚の品には当然、腰下げ紐《ひも》が付属していた。腰で縛って留める。なんだか落ち着かない。

改めてラニアの青と白の服を見る。

少しワンピースセーラー服ちっくなデザインで、スカートにタックがあってかわいい。

なるほどこれが魔法師、いや魔法少女の服なのね。

しかも新品で買えば金貨十枚ぐらいの特注品だ。それが中古の特売で銀貨だったと。俺でも衝動買いしそうだ。

おめかししたラニアを連れて、再び城門を通る。

「おいエド」

門番に止められた。ちなみに名前を知られている顔見知りである。気のいいおじさんだ。

「はいはい」

「その剣はどうした？」

「買っちゃった」

「騎士にでもなりたいのか？　無理はするなよ」

「無理はしない。命大事に。どっちかというと冒険者だね」

「騎士、ではないのか。そっか冒険者ね、ふーん」

「なんだよ」

「いや、別にいい。頑張れ」

「ああ、ありがとう」

「通っていいぞ」

まあ毎週のように通っていれば、顔くらい知っているよね。

門番も交代制とはいえ、何人もいるわけではないし。

ミーニャとラニアが後ろで会話をしている。

ガールズトークかと思いきや内容は武器に関して。

ロッドがいい、いやメイスのほう。杖ならワンドかな、やっぱり、というような。

杖の違いが俺にはわからない。ロッドのイメージは先端に大きな宝石の付いた杖だ。ワンドは魔術的な杖だと思う。メイスは先端に重りのついた槌《つち》、打撃武器だ。どれも殴るのにも使える。

前世地球では魔法使いのおっさんがひたすら杖で殴る話もそういえばあった。


冒険者ギルドに到着した。

「どうも」

「こんにちは」

「おじゃまします」

三者三様の挨拶をしてギルドに入る。ガランガランとカウベルが鳴る。

普通のお店に入る機会が少ないので礼儀がよくわからないが、前世では店に入るのに挨拶しないことも多かった。

「お、なんだ坊主、一丁前に剣なんて下げて」

きたあああ。

暴漢、荒くれ者、先輩冒険者、古株……。

呼称はいろいろあるが、ヤバいおっさんだ。

髪の毛ぐしゃぐしゃで白髪交じりヒゲ面《づら》の四十代、おじさん。

服装もスラム街の住民かと思うくらいボロい。

ただし上半身に部分鎧《よろい》を装備しているのが冒険者らしい。

「ええまあ」

「お使いじゃないのか？」

「いえ、臨時収入があったので、彼女たちの杖が欲しくて」

「ほほう」

おちょくっていた顔から、一気に切れ者みたいな表情に変わった。目が、目がさっきと違う。

「よし、お兄さんが見てあげよう」

「お兄さん？」

「おじさんじゃねえ、俺はまだ三十代だ」

「そう、ですか」

嘘《うそ》だあ。とは言えない。顔は真剣だったし、怖いので。

普通に左側の売店に連れていってくれる。

「杖、白いのと黒いのな」

「え、あ、はい、白魔法師と黒魔法師用の杖ですね、初心者、子供用の」

「そうだ」

「あったかなぁ」

「ないとは言わせない」

「はいっ」

売店のお姉さんをビビらせてるんじゃねぇよ、おっさん。怖いから言えないけど。

というかおっさんに白と黒なんて言ってないのにわかるのか。

伊達《だて》に長年冒険者やってないってことか。ちょっとだけおっさんの評価を上方修正する。

「これとか」

「ダメだ長すぎる。身長考えてやってくれ、引きずっちまうぞ」

「そう、ですよね」

ミーニャは俺より小さい。だから長い杖はダメだ。

おっさん、見る目はあるらしい。眼光が鋭い。

お姉さんビビってるから。もう少し優しくできれば、いい人なんだろうけどなぁ。

ミーニャには短めの白い木の杖の先端に赤い宝石。

ラニアには真っ黒の謎物質の杖で先端に飾りと青い宝石。

それぞれ選んでくれた。

「すごい、かっこいぃ」

「はい、うれしい、です」

ちなみに値段は金貨二枚。本当は金貨三枚なのだが、なぜかおっさんがギルドカードのポイントで金貨一枚分の割引を使ってくれた。

あれ、本当に面倒見がいい人なのか……。

お、おう、人は見かけによらない。

ラニアが自分で負担をするという話をしだす前に、俺とおっさんで話をつけてしまったため、払いそこなって金貨二枚は俺の財布から払った。

女の子に大金払わせるとか、命も預かってるのに、男が泣くわ。


月曜日、昼。お昼ご飯をラニアと一緒に食べる。

本日のメニュー。イルク豆と干し肉の炒め物。カラスノインゲン、ホレン草《ソウ》、タマネギの山椒《さんしょう》焼き。

フキの塩煮（残り物）。生タマネギ、レタス、タンポポ草の塩サラダ。ハーブティー。

「この山椒っていうのもピリッてして、美味《おい》しいです」

そういえばラニアには山椒を出すのは初めてだったか。

一緒にいろいろな味を知って、いろいろな美味しいを知ろうな。

「おい、エド、いるか、エド」

「どうしたん？」

「しらばっくれてもダメだぞ。剣を持ってたってメアリーが。どうしたんだよ」

「ああ、ちょっと割のいい仕事があって、お金が手に入った」

「なんだよ、それ。お前ばっかり」

えっと、ガキ大将というやつだ。名前はハリス。八歳だな。

「まあ、いろいろあってね」

「ちっ、金のネタは秘密かよ」

「悪い」

「いや、まあしょうがねえよな」

別に悪いやつではない。ただあまりいい印象がないだけで。

「そうだ、ハーブティーか犬麦茶飲んでくか？」

「あ、ああ、くれ、犬麦茶ってやつを。ハーブティーはあんまり合わなかった。犬麦茶は知らん」

「そっか」

お湯は自分たちがお代わりするつもりだったので、すでに沸かしていた。

犬麦茶をすぐに淹《い》れる。

予備のコップ、よかったあった。あんまりうちには数がないのだ。

「サンキュ。お、おう、うまいなこれ」

ハリスは目を丸くする。

「でだ、そのハーブティーと犬麦茶は俺が売ってる」

「はああ??」

「だから俺が仕入れ先で、ドリドン雑貨店に卸している」

「いいのか、言って」

「ああ、その権利をお前にやるよ」

「マジか」

「うん、本当。その代わり売り上げの二割、くれ」

「二割か、まあ、いいかな。どんくらい儲《もう》かるんだ？」

「あまり儲からないな、一週間でザルに山盛り二杯ずつ週二回、合計銀貨十六枚だな」

「銀貨十六枚って、お前、金貨いくじゃねえか」

「今から売り上げは落ちるから」

「そ、そうだよな、そうか」

金貨を想像してハリスは喉を鳴らす。

普段の日雇い労働だと一日で銀貨一枚が俺たちのいいときの相場だ。これなら倍以上だ。

正直、週に二日、スペアミントとイヌムギを収穫して干すと、一日作業になってしまう。

もちろん干している間にスプーン作りは進むけど、今は森の探検などをしたい。

ガキ連中でも、収穫にそれほど差はないし、別にキノコと違って鑑定は必須ではない。

どうせ同業者が出てくるのも時間の問題だった。それよりは、権利丸ごと売って、一割でももらったほうが得だ。なんたって権利といえば不労所得だからな。

ハリスなら俺より顔が利くぶん、同業者に睨《にら》みも利く。貧乏なガキ連中が権利を持っていると知れば、引いてくれるかもしれない。そんなに甘くないかもしれないけど。

「ハリス、いつ辞めてもいい。お店から商品がなくなるだけだ」

「まあそうだが」

「とりあえず売れたらそのときは二割だかんな」

「わかった」

別に契約書もない、ちょろまかしてもいい。さっきも言ったが不労所得だ。

元々無から出てきたような利益を当てにしていない。

「ハーブティーの作り方講習するけど、どうする？」

「すまん、仲間を集めてくる」

ハリスが出ていった。

「ねえ、いいの？　権利を手放したりして、ハリスなんかに」

ラニアがちょっと不満そうに言ってくる。そういえばラニアはハリスが嫌いだったな。

理由はハリスが昔、俺を目の敵《かたき》にして、殴りつけてきたことがあり、ラニアはそれがたいそう不満で根に持ってるんだったか。

いや、あれは売り言葉に買い言葉、俺も悪かった。

『エド君が殴り返さないなら、ハリスが謝るまで私が代わりに殴り続けてやる』

って言ってたのをなだめたのは俺だ。いやあ、あんときは俺が死ぬかと思ったわ。

止められてよかった。

「敵も使いようなんだよ。それにあんときは俺も言い返したからお相子《あいこ》だった」

「そうなの？　でも」

「今は別に敵対していない。それに俺のほうがたぶん強い。自分でやるのが面倒くさいことをやらせて、しかもお金がもらえる。こっちは利益しかないんだ」

「そうなんだ、ふんふん」

「時給というのがあって、お茶は頑張っても一週間に銀貨十六枚だろ」

「うん」

「でも一時収入だけど、ジャムはいくらだった？　次はもっと高い仕事を探す」

「あっ、なるほど、そういうことね。エド君は頭がいいわ」

ラニアが理解したようで、笑顔が戻ってくる。最初ハリスが入ってくるときは、めっちゃ怖い気配してたもん。

よし、これでコスパが悪い仕事が減る。

ちなみにのほほんミーニャちゃんはよくわかっていないもよう。

ミーニャだって六歳だもんな、小学一年生か。ラニアが賢すぎるだけだ。

俺は前世があるからノーカンな。

あとミーニャはエルフ族なので、成長がそもそもゆっくりなのかもしれん。

この後、草原前に集合したガキ連中に俺は、スペアミントとイヌムギがどの草か教えた。

間違える子はさすがにいなかった。

その後ハリスの家に行って毛布を引っ張り出して、乾燥工程を説明した。

それからドリドンさんに仕事の引き継ぎの連絡をした。

「ということでドリドンさん、次からお茶はハリスが仕事するから」

「いいのか？」

「ああ、うん。他にも納品しないといけないものもあるし、アレとか」

「ああアレな。そうだな、了解。頼んだぞハリス。これは立派な仕事だから、よろしく」

俺にはジャムがあるし、他にも増える予定なので。

ハリスはあのドリドンさんが握手を求めてきたので、得意になって応じていた。

ちょろい。

悪いな、俺はもっと時給効率のいい仕事するわ。子供の仕事にはちょうどいいだろ。

腹黒いのはどうみてもこちらです。あははは。

閑話　ドリドンさんの見立て

最近エドの様子がおかしい。別に悪い意味ではなく、急成長しているように思う。

前はもっと何も考えていないような普通の子だったのだ。

そう俺、ドリドンから見てもそうなのだから、他の人が知ったらびっくりするかもしれない。

あの子は将来有望だ。

エドはトマリアさんがいなくなってから俺が特に目をかけている子だった。

以前、トマリアさんから様子を見るように直接お願いされていた。

どこに行ったのかは知らないが母親がまだ六歳の子供を置いていってしまうくらいなので、そうとう訳アリなのだろう。

それでエドの話だ。

「ドリドンさん、ハーブ持ってきました」

いきなりだった。まずミントのハーブティーを売りに来た。なるほどな、と思ったのだ。

スラム街の住民はそもそもエルダニアの市民だったので、農産物などに疎い。

もちろん草原の草花などにもまったく詳しくなかった。

何年も前に、腹を空《す》かせている人が生えている茶色いキノコを我慢できず食べて腹を下して死んだという話はすぐに広まった。

それでも野草やキノコを口にする人は後を絶たなかったが、そういう人たちはみな死んでいった。

今はもうそういう無謀なことをする人は皆無だ。

草花の中には毒のあるものが交ざっていることはみんな知っている。

しかしどれが食べられてどれが食べられないか知っている人はほとんどいなかったのだ。

その中から見分けがしやすいハーブを選び、お茶にするというエドの見識はどこから得たものなのか俺にはわからなかった。

冒険者ギルドの一部の人やエルフであれば知っているかもしれないので、そちらの伝手《つて》かもしれない。

ただ利権や面倒事を嫌うそういう知識階級の人は安易に教えてくれないのだ。

ハーブティーの次は犬麦茶だ。

「犬麦茶、というものを持ってきました」

「どれどれ、見せてみろ」

「はい。ミントティーは好き嫌いがあると思いまして」

ミントのハーブティーは好き嫌いがはっきり分かれていた。

エドはそれをずばり見抜いていて、代わりに犬麦茶を提案してきたのだ。

イヌムギの草もミントと同様に大量に草原に生えているので摘んでくるだけでいい。

ただそれすらも知っている住民は皆無に等しい。

どこから知識を得てきたのかやはりエルフなのか、メルンさんたちなら知っていてもおかしくはなさそうだ。

メルンさんもギードさんも、普段は隠しているがかなり高い位のエルフに連なる者に違いない。

今まで知識を披露していなかった理由はよくわからないが、エドを信用するようになったのかもしれない。

それもこれもエドが実際に行動に移したことが大きい。

これは食べられるよと言われて、それを集めて自家用にするという人はいる。

しかし売って稼ぐところまでやろうと数を揃《そろ》えてくるほど集める人は非常に珍しいのだ。

もちろん避難民であるスラム街の住民は飢えている人が多いものの、低価格で買えるイルク豆の生活を甘んじて受け入れている人がほとんどだ。

もはや疲れ切っていて、今更自分で新しい仕事を始めるような博打《ばくち》をする精神状態にない。

エドは流れ者なのでエルダニア民とは違うものの、物心ついたばかりにしては圧倒的に頭がいい。

たいていの人は仕事を受け身でしていて、雑用をこなすのをやめるのだって勇気がいる。

人は安定を求めるものだ。わざわざスラム街でチャレンジしようとするのは変人に近い。

それでもエドはそれを平気な顔をしてやっている。


メルンさんとギードさんもなかなかに謎が多い。

一応、エドの仮の保護者という立場だけど、明らかにいいところの出なのはわかるものの、逆に世間知らずなのか、まともな職につけずなぜか肉体労働の日雇いバイトに精を出していた。

ぱっと見のギードさんの適性から見ても肉体労働は場違いだと俺でさえ思う。

俺が指摘すると出過ぎた真似になると思って、心苦しいものの黙っていたのだ。

それをどうやらエドの口添えで仕事は辞めたようで、今はスプーンを作って以前よりも稼いでいるのだ。

そのスプーンを俺の店に持ってきてくれている。

ただの木のスプーンなのだが、滑らかな加工はなかなかに人気で品質も高くて安定している。

元々ギードさんは手先が器用なのは間違いないのだろう。それに使いやすい優れたナイフがあるようで加工が丁寧なのだ。

ギードさんの得意なことを見出《みいだ》したのも、エドの功績らしい。


そしてさらにジャムときた。

高価なジャムには砂糖を使うがこれは不使用らしい。

それでも熟した果物を使ったジャムは煮詰めてあることもあってかなり甘い。

俺も試食をしたがパンにつけて食べると抜群にうまい。

危険を冒して森に入り、リンゴやブドウを採ってきたことも十分にすごいことだった。

森にはゴブリンやウルフなど魔物が出る。

この近くの魔物は弱いものが多いとはいえ、素人では死亡者が出ることもある。

毎年何人かはそういったゴブリンのような低級の魔物によって殺されているのだ。

なるほど魔法が得意だというマギ族のラニアちゃんを連れていけば、確かに高い攻撃力を得られる。

そして自分自身もいつの間にか剣まで用意して十分に戦えるようになっているらしかった。


エドはどんどん成長している。

ただ草花や果実を採ってきて売るのではなく、お茶やジャムやスプーンというふうに加工品にするところも頭がいい証拠だ。

ただ木を集めてきただけでは薪《まき》くらいにしかならないが、こうやってスプーンにすれば値段はずっと高くなる。

そのままでも売れるが、加工品のほうがより利益を得られることを知っているのだ。

エドの今後にも期待しよう。

八章　見張り山。ウサギの唐揚げ

火曜日。また朝になった。

ゴーン、ゴーン、ゴーン。トライエ市内のラファリエ教の教会の鐘が鳴る。

そういえば、教会には行ったことがない。たぶん。

あれ、でも小さいときに連れられて行ったような気がしてきた。内部の構造は覚えている。

左右に椅子が並んでいて、奥に祭壇。ステンドグラス、主神ラファリエール様の白い像。

何歳ごろだろうか。そもそもトライエなのかもわからない記憶だ。

それで教会ではなくてですね、今日は見張り山に行こうと思う。

本当は月曜日の午後に行く予定だったんだけど、予定通りにはいかないもので。

「ということで見張り山に行きます」

「本当に？」

ミーニャが確認してくる。

トライエ東門から出て街道が東に伸びている。南側すぐは川だ。それで森は北側を覆っている。

見張り山はその森の街道すぐのところにある、標高百メートルくらいの低い山だ。

たぶん火山性っていうやつ。さらに北へ行けば山脈があるけど距離がある。

この見張り山はここに独立して「生えて」いる。

だからトライエの防衛上、見張りを置くのによいのだ。

ということで英語で言うなら「Watch mountain」で見張り山だ。

特徴は、この山は一角ウサギがよく出る。そうです。ついに、お肉回をやるぞ。

装備が整った。練習はほとんどしていないが、そこは相手が弱いので大丈夫かと。

俺たちの冒険は日々進歩している。山頂にはトライエ騎士団の見張り小屋がある。

「本当です。ダイジョブ」

「なんか、心配」

なんでミーニャが不満なんですかねぇ。まあいいや。

「あらあら、まあまあ」

そんな様子を見てメルンさんがごそごそする。

「これを持っていきなさい。保険は多いほうがいいわ」

「あ、メルンさんありがとう」

ポーションだ。しかもこれ中級ポーション。

ドリドン雑貨店にも売ってるけど、これはお手製のようだ。

値段は金貨一枚ぐらい、だと思う。ちょっと怖い値段だ。しかし命には代えられない。

一角ウサギ程度にやられるわけはないが、万が一を心配しているんだと思おう。

メルンさんも案外、心配性だ。しかしBランクのエルフ族の言うことは素直に聞くべきだ。

「「行ってきます」」

本日もラニアを確保する。攻撃担当は必要だ。また青と白のワンピースだ。

替えがあるといいんだけどな、俺たちもだけど。

さてドリドン雑貨店をチラ見してから、城門を通過する。逆方向である。

いいんだ。冒険者ギルドでは日々のお手紙とかを見張り山山頂に届ける仕事がある。

騎士団も余剰人員はあまりいなくて、アウトソーシングというやつだ。

つまり、クエストがあるのだ。完全なるお使いクエストだけど、報酬は銀貨五枚。確認済み。

朝、昼、夕方と発行されるが、面倒くさい仕事であるため、人気がない。

それで日に三回発行されるのに、誰も受けないとまとめられたりする。

冒険者ギルドに到着。

「おはようございます」

「おじゃまします」

「ごめんください」

ガランガランとカウベルが鳴る。

もう、怖いおっさんが実は怖くないということを知ったので、大丈夫。その怖いおっさんはよくギルドにいて、本当に悪い子がいないか、睨《にら》みを利かせている。

クエストボードを見る。今日も見張り山クエストが残っているのを確認。

『トライエ騎士団。見張り山山頂へ手紙を届ける』

うむ、苦しゅうない。ちなみに山頂には常駐している人がいて、一週間で交代する。

朝は受付が混んでいる。どの子にしようかな。もうエルフでいいか、列も短いし。並ぶ。

「このクエスト受けたいんだけど」

「はい。あっ、エルフ様、その、申し訳ありません」

なんか土下座しそうな勢いなんだけど。

「これはギルド員専用クエストとなっていまして、はい」

「登録ってできるの？」

「できますよ。年齢制限は、その、たぶん、ないん、だったかな？」

なんで疑問形なんだよ。しっかりしてくれ正規のギルド職員だろ。

「じゃあ登録、お願いします」

俺の後ろからミーニャが出てきて、お姉さんをじっと見て言う。

ちょっと、いつもとのギャップがすごい。その真面目な顔にパワーが感じられる。

「わわわ、わかりました。すぐ登録します」

あ、いいの？　いいならいいや。

「あの、このギルドカードに血を一滴ください」

針とかないんですね。しょうがないナイフ出すか。

「あっ、ミスリルのナイフ……」

お姉さんが目を見開いてポツリとこぼす。なんか俺を見る目がいつもより温かい。

今までミーニャの付属品程度の認識だったのに。そういえばエルフの親愛の証《あかし》だったな、これ。

ギルドカードの裏面、血を吸収したカードはなんか一瞬発光してすぐに収まった。

「はい、ありがとうございます。これで個人識別の魔道具が発動して本人確認ができます」

登録はあっけないな。表示されているギルドのランクはEランクだった。

「ではクエストを処理しますので、カードを出してください」

俺たち三人はカードを出すと、すぐに処理された。

「気をつけて行ってきてね、エルフ様」

お姉さんはいつもより表情がちょっと優しくなった。


さあ、前置きが長かったが、見張り山へ出発だ。城門を通り、草原を抜けて森に入る。

見張り山へレッツゴー。クエストをこなすぞ。

森に入る直前でいつものようにミーニャに声をかける。

「神様へのお願い、祝福よろしくミーニャ」

「あ、はい」

三人が向き合い、ミーニャが真剣な顔で祈る。

「ラファリエール様、私たちをお守りください」

シュパシュパッと右から左、左から右へと手刀《てがたな》で、聖印を切る。祝福完了だ。

いつもは森が深くなる北へ向かうが、今日は東に向かう。森に入ると、山そのものは木で見えない。森に入り平地を進む。しばらく進むと突然、登り坂になってくる。

「ここから見張り山だね」

「そうだね」

「初めて来ます」

山ったって百メートルだ。登るのはだるいが、これくらいは余裕だろう。

ここには街道からの登山道があるので、道なりに進む。ぐるぐる回って、上まで行くようだ。

一角ウサギはいるかなぁ。お肉が欲しい。別に干し肉も悪くはないが、たまには違うものが欲しい。経験もしたい。

「エド、あれっ、ウサギ」

「お、お出ましか」

一角ウサギだ。普通のウサギより大きい。倍くらいある。色は茶色。

『鑑定』
【(名前無し)
2歳　オス　F型　一角ウサギ　Eランク
HP147／152　MP102／129
健康状態：A(普通)】

俺たちより健康じゃん。

「キュピキュピ」

お、鳴いた。わりとかわいいが、こいつはお肉なので。モンスターなので。

「ラニア」

「はい。燃え盛る炎よ――ファイア」

火球がウサギめがけて飛んでいく。

「グニャア」

イチコロではないですか、ラニアさん。

「はい一撃」

「そ、そうだな」

「すごいね」

ウサギちゃんは目を回しているようだ。すでに倒れて動かないが、俺が剣でとどめを刺すと完全に死亡した。さすがにレベルアップはないか。

「よっし、まずは一匹、収納」

こういうとき、アイテムボックスは信じられないほど便利だ。

お肉を、ゲットしたぞ。

引き続き、山登りを再開する。内心すでにクエストクリアの気分だ。

ギルドのクエストはオマケで、お肉確保がメインといってもいい。

「キュピ」

「お、また出たわ」

「そうだな」

「どうしますか？」

「俺が剣で倒す！」

たまには勇者の雄姿を見るがいい。

剣を振る、くぅ、ウサギちゃんは回避する。なかなかすばしっこい。

「まだまだぁ」

剣を振る、シュパパパーン。あっさりかわして、大ジャンプ、逃げていく一角ウサギ。

「逃げちゃったね」

「逃げていきました」

二人から突っ込まれてしまった。

「す、すまん」

「いいよぉ」

「別に、大丈夫ですよ」

優しいねぇ、うれしい。

さて気を取り直して、再び登っていく。坂が思ったより急できつい。

「ウサギっ」

「はい」

「ラニアよろしく」

「凍《い》てつく氷結よ――アイス」

ババンッと氷の塊が飛んでいき、ぶち当たる。

「ピギャア」

ウサギちゃんは倒れて動かなくなった。特にとどめも要らなそう。

「じゃあ、南無三、収納」

二匹目ゲット。ラニアしか戦っていないじゃないか、とかいうのはなしね。ミーニャについては、杖《つえ》で殴るしかできないし。俺に至っては、剣を持ったばかりですよ。

さて登るか。

「もう少しだと思う」

「頑張ろう！」

「そうですね」

余裕のパーティー。冒険はやっぱりこうでないと。山を登っていく。と、いきなり木がなくなり、平坦《へいたん》になってきた。

「やった山頂だわ」

「登りきったのですね」

「ふぅ」

一息いれる。

山頂の中央には平屋の小屋と、二階建ての見張り台の高い床が見えている。

見張り台の上には二人いて、こっちを見ている。

軽装だけど胸に騎士団の紋章、トライエ騎士団だ。

「こんにちはぁ」

「どうしたあ、坊主たちぃぃ」

挨拶をすると大きい声で呼びかけてくる。

「お手紙の配達に来ました」

「お、珍しいな、こんな小さい子が」

「えへへ」

降りてきて、出迎えてくれた。小屋からも一人が出てくる。全員若い二十代の隊員だろう。

「はい手紙です。それからこっちが物資です」

この任務では手紙と一緒に物資の運搬もあるのだ。

ちょろまかすことがないように、ギルド員専用のクエストとなっていたのだろう。

物資の中身は黒パン、干し肉、飲料水、ドライフルーツ。

ドライフルーツは今はオレンジとリンゴだね。

「お、ごくろうさん」

「それから、僕たちからのおすそ分けです、ブドウジャムです」

「ジャムか、そりゃあいい、でもいいのか？　こんな高いもの」

「いいんです。砂糖不使用なので。早めに食べてください」

「悪いな」

「いえ、その代わり、一角ウサギの解体のやり方を教えてくれないかなぁと」

「ん？　そんなことか、いいぜ」

その前に見張り台に登らせてくれるというので、登ってみる。

「わー、たかーい」

「おお、よく見える」

「見晴らしがいいです」

遠くまで見える。ラニエルダのスラム街からトライエの城壁と城門。街区、それから貴族街。

貴族街には緑の庭のある大きな家が並んでいる。

北の方向には山脈、その右側、北東の奥のほうに旧エルダニアもかすかに見えた。

あれがエルダニア。城壁などはもちろん残っている。

今は事実上、廃虚となっていて、人はほとんど住んでいないと聞く。

「ありがとう、遠くまで見えました」

「はいよ」

地面に降りて作業開始だ。ということでバッグから出すフリをしてウサギを二匹出す。

「おお、新鮮だな」

「はい。今狩ってきました」

「この辺なぜか多いからな」

「そうですよね」

「俺たちも狩ってもいいんだけど、調理器具がないからな」

「そうですね」

「火を焚《た》いて、狼煙《のろし》と間違えられたら大目玉だし」

「あぁ、それは困りますね」

確かに。


一人の隊員が面倒を見てくれる。一匹を手本に、解体を実演してくれる。

それを見ながら、俺が横でもう一匹を解体していく。

そういえば母親はゴブリンの魔石取りは教えてくれたのに、なぜかウサギの解体は教えてくれなかった。

タイミングとか忙しかったとか、たまたまとかだろうけど。

ウサギは無事に魔石、骨、お肉、皮に分離された。鑑定。

【一角ウサギの魔結石　魔石　普通】

魔石は二センチくらい。ゴブリンより小さい。

やはりゴブリンと同じく紫水晶のような色をしている。

「ほら、これで、解体、完了」

「ありがとうございました」

「いいってことよ」

思ったよりは難しくない。俺が人体の構造とかを少し知っているというのもあるけど。

これでお肉が手に入った。

「内臓は捨ててくか？　トイレあるぞ」

「あ、すみません」

トイレに内臓を投げ込む。

モツ煮とかを知っていると、もったいないような気もするけど、これがこの世界のスタンダードなのだろう。

常識だよ、常識。内臓なんて食べないよねぇ。ぷげら。

ああ……今度、自分で処理するときは隠れて焼いて食べよう。

「ありがとうございました」

帰りの手紙、要するに定期報告書を持たされて、下山する。

下山中にも一角ウサギに一回エンカウントしたけど、すぐに逃げられてしまった。

見張り山を下山し、草原に戻ってくる。草原まで来れば安全だろう。

すでに向こう側にはラニエルダのスラム街の家々が見えている。

スラム街へ行ってもいいけど、一度進行方向を変えて、街道へ出てしまう。

街道を歩くとまるで旅商人になったような気分がしてくる。

「街道は歩きやすい」

「そうね」

「にゃは」

ミーニャは何も考えてないな。

そのまま進み城門前まで来たので、ドリドン雑貨店をチラ見して、家に戻った。


本当のお肉回、調理開始だ。本日のお昼のメニュー。

主食はイルク豆、カラスノインゲンの水煮。メインディッシュはウサギの唐揚げ。ホレン草《ソウ》、タマネギ、サトイモの山椒《さんしょう》炒め。タンポポ草とレタスのサラダ。

唐揚げより先に他の調理をしてしまおう。先にちょっと時間がかかる水煮を作ってしまう。

「ではウサギのお肉を出します」

「「おーお」」

普通のウサギより大きいので、お肉も大きい。なかなか食べごたえのある量だぞ。

「一口サイズに切っていきます」

一口というか三口くらいかな。ミスリルのナイフは脂もベタつかずに簡単に切れる。

「ニンニクを刻みます」

「お、ニンニクね」

ニンニクの匂いがする。

「塩とニンニクを合わせてお肉に揉《も》みこんでいきます」

「おおぉ」

揉み揉み揉み。

本当は寝かせたほうが味が染みこむけれど、もうお昼なので、時短クッキングだ。

「油を温めた鍋を用意して」

これは事前に温めてある。

揚げる前に小麦粉を水に溶いて塩、ニンニク、ショウガをすりおろしたものを入れた衣をつける。

片栗粉《かたくりこ》がいいという話もあるけど残念ながらない。

「揚げます。これが——『唐揚げ』です」

「「唐揚げ」」

普通はニワトリの唐揚げなんだろうけど、今日はウサギの唐揚げだ。

牛とか豚よりも、肉質が似ているので、美味《おい》しくできると思う。

じゅわあああ。

お肉が油で揚げられていく。

「「(ごくり)」」

あまりに美味しそうなので、喉が鳴る。サラダを並行して作ってもらう。

カラッと揚がったキツネ色の唐揚げを取り出して、油を切る。

「「美味しそう」」

山椒炒めをささっと作ってしまう。

「はい完成」

「「やったー、お肉だああ」」

メルンさんとギードさんもニコニコしている。

「ラファリエール様に感謝して、いただきます」

「「「いただきます」」」

唐揚げをうまくスプーンにのせて口に運ぶ。

「うんまぁ」

「美味しい、です」

「ああ、これは美味しい」

思った以上の肉の旨味《うまみ》。なにこれ美味しい。

ウサギはニワトリに似ているのか、脂っこくもないしパサパサすぎるほどでもない。

中から肉汁《にくじゅう》が出てきて、めちゃうま。

まだ唐揚げは熱いのに、みんな必死で食べている。

「これなら毎日お肉が食べたいくらいだわ」

メルンさんがおっとり言う。毎日、一角ウサギ狩りをさせられる俺たちを想像する。

まあ、美味しいから悪くはない。なんとかスローライフの範囲かもしれない。

「すみません……なにやら聞こえてきたものでにゃ」

おっと珍客だ。お隣さんのルドルフさん。奥さんのクエスさん。

二人とも猫耳族だけに、耳がかわいい。

まだ若夫婦だ。二十五歳くらいかな。あれ、こっち基準だと、若くもないかもしれない。

「お肉を、食べているとか、何とか」

くっ、たかりか。まあたかりだな。

「はい、一緒に少し食べます？　たくさんありますので」

「本当ですか、ではお言葉に甘えてにゃ」

「すみませんにゃ」

大皿にのせた唐揚げの残りを見せて、スプーンを差し出す。

「ラファリエール様に感謝します。いただきます」

ぱく。

「うまっ、なんだこれ、美味しいなんてにゃ」

「どれどれ、本当、こんなに美味しいにゃ」

二人とも目を丸くして、驚いている。唐揚げ、食ったことないのかな。ないんだろうな。

肉屋で生肉は売ってはいるけど流通量は少ない。

謎の動物の干し肉がメインだ。たぶん羊。あと魚の干物。

その肉屋も城門の中まで行かないとないし、それなりのお値段だから、スラム街では縁がない。

昔、食べたことがあるかもしれないけど、なさそうだな。

アツアツの、ニンニクがほんのり利いている塩味。あふれる肉の旨味、抜群にうまい。

ウサギ二匹分の四分の三は唐揚げにしたから、残りは少ないけど。

また機会があったら、食べたいと思う。山椒炒めとサラダも美味しかった。


美味しいお昼を食べたので、ギルドへ戻って報告しなきゃ。

「お腹いっぱい……」

「こんなに食べたの初めてかも、です」

ミーニャとラニアの二人とも、お腹をさすっている。ぽんぽこお腹の幼女たち、かわいい。

そういえば平日の昼からルドルフさん、家にいたけど、仕事はしていないのか。

仕事の斡旋《あっせん》とか何かできればいいんだけどな。そういう力はまだ全くない。

自分のご飯がようやくよくなってきた段階だから、先はまだまだ長いな。

三人で家を出て城門を通過。

今日もトライエ市内は賑《にぎ》やかだ。

どこかの国のように不景気と先行きの見えない不安が渦巻いているよりは、ましかな。

トライエは現在、景気は上向き、安定している。


冒険者ギルドに到着。

「こんにちは」

「おじゃまします」

「よろしくお願いします」

カランカランといつものようにカウベルが鳴る。一瞬注目される。

俺たちは装備も持っているので、冒険者に見えなくもない。

ただのお使いのガキンチョが武器装備とかおかしいものね。

しかしみんな、すぐにお昼に戻っていく。受付は昼なので、ガラガラだ。

エルフの受付嬢でいいか。懇意《こんい》ではないけど受けたときもエルフだったし。

「こんにちは」

「はい、エルフ様。見張り山、無事に行ってこられたみたいですね」

「ええ。これ返事の手紙です」

「確かに受け取りました。クエスト完了です。ギルドカードを出してください」

ギルドカードを提出する。

「では報酬は銀貨五枚、よろしいですね？」

「はい」

銀貨五枚か。金貨とかポンポン貰《もら》った経験があると、感動するほどではないけど。

初依頼で銀貨五枚、単純労働で一日一人銀貨一枚よりは、高額だ。

「やったわね」

「お金、です」

「じゃあラニアには銀貨二枚、俺たちが残りの三枚でいいかな？」

「いいんですか？」

「そりゃあ、ウサギを倒したのもラニアだったしね」

「ありがとうございます」

ラニアはそっと丁寧に銀貨二枚を受け取る。さすがに今回は泣かなかった。

「何か、他にも必要なものとかないか、見ていきますか」

「そうだね」

「うんっ」

左側の売店に行く。

よく考えたらクエストを受ける前に必要そうなものを調べるべきだけど。なんも思いつかない。

「お姉さん」

「はい、なんでしょうか？　お客様」

ちゃんと客として扱ってくれるんだな。

「初心者冒険者に必要な、定番の道具とかってないの？」

「えっとそうですね。緊急用のポーションは持っているといいですね。だいたいはお金がなくて買えないという人が多いのですけど」

「それはあるので、大丈夫です」

「他には、火打ち石セットとかですかね。万が一、野営になるなら必須ですし」

「うーん、それならラニアが火をつけられるので」

「なるほど。ではあとは調味料セットとか」

「そうですね、家から塩を少々」

「はい。では、水筒とか。水ってありそうでなかったりしますし」

「それは欲しい」

ということで水筒を三つ。人数分。共有でもいいけど誰が多く飲んだとかってあるしな。そもそも一つだと量が心もとない。アイテムボックスもあるし、水を入れておいたほうが利口だ。

「銀貨三枚ですね」

「は、はい」

なんとか足りる。頭の中で残金とこれからの増える分、消費予定とかを計算しないと。

本当は防具が欲しい。ラニアは青と白のワンピースでいいけど、胸当てはあると安心かもしれない。胸当てっていってもブラじゃないぞ。まだ六歳。ぺったんこだ。

急所を守る部分鎧《よろい》だ。ゴブリンに棍棒《こんぼう》で胸を強打とかされるとダメージがデカそうだからな。

欲しいものはまだまだあるけど、資金が足りない。

一応男子高校生だったので、ハック・アンド・スラッシュは心得ている。

武器相応の敵と戦う↓アイテムでお金を得る↓強い装備を買う、という行為をループして、だんだん装備とレベルと敵が強くなっていくという意味だ。まだ序盤だ。焦らずいこう。

そういうの、なんていうんだっけ。

そうそう「急《せ》いては事を仕損じる」だったか。他にも「急がば回れ」とか。

「そういえば、君たちスラム街の子でしょ？　なんかそっちのお店ではお茶とかジャムが流行《はや》ってるんだって？　知ってる？」

「あ、うん。スペアミントのハーブティーと犬麦茶だね。ジャムは青リンゴと山ブドウだよ。まだ残ってるかはわからないけど数量限定だと思う」

「そうなんだ。今日の仕事終わったら買いに行ってみようかな」

「もうなかったらごめんね」

「う、ううん。君たちのせいじゃないから」

在庫がないのは俺たちのせいなんだぜ。仕入れ先だもん。

青リンゴと山ブドウの木は他にもあるかな、探してみればいいんだけどね。

ゴブリンがたくさん出てきたらと思うと、躊躇《ちゅうちょ》してしまう。

「では、また来ます」

「頑張ってね」

お姉さんの応援はうれしい。なんかこの売店のお姉さんは好きだなぁ。

また空いてるエルフの受付に行って、忘れていた買い取りをしてもらう。

「えっと一角ウサギの皮二枚、魔石二個ですね」

「はい」

「鑑定まで少々お待ちくださいませ、エルフ様」

この鑑定待ち苦手なんだよな。なんか品定めされている間、待たされるのがそわそわする。

「お待たせしました。皮一枚銀貨一枚、魔石は銀貨二枚、合計銀貨六枚です」

「わかりました」

ラニアが受け取ってくれる。やっぱ応対をラニアにやってもらえると楽でいいわ。

九章　メルリア川河川敷。エビ、籠、イチゴ

火曜日昼過ぎ。冒険者ギルドから戻ってきて家にいる。

「なにしようかと考えたところ、川で漁をします」

「ほーん」

「漁といっても、簡単な仕掛けを用意するだけだよ」

日本ではザリガニが取れる河川が多いけど、異世界ではエビも多く生息している。と思うよたぶん。街では川エビも数は少ないが、食べられている。

家にある蔦《つた》で編んだ籠《かご》を二つ拝借する。

「籠を使うの？」

「うん」

ラニアとミーニャに見られつつ、それを持って道の南側、メルリア川に注ぐ支流の沢みたいになっている場所に向かう。

目の前には沢がある。覗《のぞ》き込むと、小魚なのか何かが動いてる気配は感じる。でかいタモ網とかあれば、掬《すく》うだけで魚やカニ、エビが取れそうだけど、そんな便利なものはない。

まずは重り。石を拾って籠の底に置く。

餌はウサギの肉の切れ端。まだ残っているので、ちょっと失敬する。

エビで鯛《たい》を釣るというけど、昔の日本の海岸や干潟付近ではエビは大量に取れたらしい。

籠の中の石の横に肉をそっと置く。途中で拾ってきた枝を籠に投入する。

籠には取っ手があるので、蔦を結んで棒で吊《つ》り下げる。

「これを沈めます」

同じものをもう一か所に設置する。

コンクリートの護岸もなく、自然なままなので、環境問題はそれほど深刻ではない。トイレとかの汚染もスライムトイレの普及で大丈夫。ビバ異世界。自然が豊かなのは、素晴らしいところだ。

「夕方まで放置だね」

「えぇぇー」

ミーニャが抗議するけど、しょうがないじゃないか。

釣り針とかではないので、三十分ぐらいでもいいかもしれないけど。

「じゃあ時間を分けて二回やってみよう」

「うんっ」

しばらく仕掛けが見えるところで、木のスプーン作りを進める。

この辺は長閑《のどか》だ。この見通しのいい平原部分はゴブリンなどもまず出てこない。

「そうだ。ミーニャ、ラニア」

「なんですか?」

「蔦を集めてきてほしい。今すぐ必要ってわけじゃないから、ゆっくりでいいよ。なるべくたくさん」

「わかりましたー」

ミーニャとラニアが周りに散る。この平原地帯には、葛《くず》のような蔦がたくさん生えている。

葉っぱの識別とかするまでもなく、長く伸びてうねっている茎が特徴だった。

豆、朝顔、ウリ科に多い蔓《つる》は巻き付くタイプ。葛、ブドウなどの蔦は「伝う」の意味で、地面や壁に這《は》うタイプ。よく混同されたりするけど、一応違う。

さてスプーンの量産はぼちぼちだ。この世界にはもちろんフォークもあるけれど、手掴《てづか》みの人もいるので、スプーンよりは必要性が低い。スプーンはスープや豆、お粥、オートミールなどを食べるのに必須だ。日本男児としては、お箸がいいんだけど、自粛している。

「取ってきたよぉ」

「いっぱい集めました」

二人のバッグはパンパンだった。最近はよく採取をするので、いつもバッグを背負っている。

「二人とも、でかした」

「やったぁ」

「えへへ、うれしいです」

ミーニャが上目遣いで見上げてくる。そうだったな。

「はい～なでなで～」

「はわわぁ」

頭を撫《な》でられるのが大好きなのだ。犬みたいに。サラサラの金髪はすごいな、これ。

「ラニアは？」

「私は、いいです」

ちょっと恥ずかしそうに返事した。ラニアのほうは精神的にちょっとお姉さんなので、羨《うらや》ましそうにしつつ、撫でてほしいとは言ってこない。微妙な乙女のお年頃なのね。

「さて、そろそろ仕掛け見てみるか」

「「はい」」

川エビ漁の籠に接近する。

籠には蔦で棒をくくりつけてあるので、棒を持ち一気に引き上げて川岸に置く。

「わわっわ」

ぴちぴち。

エビが跳ねているのが、すでに見える。逃げられる前に回収だ。袋に入れていく。

かなりの数だ。十四くらいか。

「やりました」

「やったにゃあ」

「やったな」

エビだよエビ。体長は八センチぐらい。透き通った体に黒いスジが入っている。

川が綺麗《きれい》だったので、泥臭くもない。鑑定。

【カワエビ　生物　食用可】

もうこのまま、生でツルッと醤油《しょうゆ》で食べてみたい。

しかし川の魚、エビ、カニは寄生虫の可能性がそこそこある。異世界では魔法以外の医療、科学が発達していないため、寄生虫がいるかどうか、話題になったことがない。だから寄生虫はいないかもしれない。でもやっぱりやめたほうが無難だろう。ぐっと我慢して、持ち帰る。

アイテムボックスにしまう。あ、生きてるけど、収納できた。その辺は謎だ。調べていない。

「なあ、エビを生きたまま収納できたんだけど」

「え、あ、うん」

「ミーニャも収納されてみたいか？　出したときまで生きてるかわかんないけど」

「ひゃああ、絶対に、やだあ。怖い」

「まあ、そうだよな」

収納空間は謎であるので、結構怖い。

自分で入るわけにはいかないので、誰かを犠牲にするしかないが、保留。

「もう一つの籠を見に行こう」

「「はい」」

もう一つも十四前後のエビちゃんが入っていた。

餌のウサギのお肉の切れ端を補充。また仕掛けを入れなおして、沈めておく。

俺はまた内職だ。スプーン作りは簡単なようで奥が深い。

形のバランスを突き詰めると、どれくらいが美しいか、使いやすいか、とか考えることは多い。


二回目。エビが約二十四。ほぼ同量、採取できた。それから。

「わわ、カニ、カニだにゃ」

モクズガニに似ているけど、毛がない。茶色い十センチくらいの四角いカニが取れた。

【コイシガニ　生物　食用可】
エビやカニという生き物がいることは知っているけど、本格的に自分たちの食材の一つにしようとまで考える人は少ない。食料を手に入れるために仕事をしているんだから、逆に自分で食材確保すれば、あまり働かなくていい、と考える人はほとんどいないようだ。

家に帰る前に、ドリドン雑貨店に寄っていく。

「どうですか？」

「ジャムな、夕方城内からも客が来て、みんな買っていっちまった」

「あー、なるほど、そういうことか」

「どうした？」

「冒険者ギルドで噂《うわさ》になってたんです。スラム街の店にジャムとお茶があるって」

「なるほどな。それで、はい。売上金、しめて金貨十五枚」

「金貨十五枚!!」

「やったにゃ。金貨十五枚」

ミーニャも飛び跳ねる。帳簿の紙を見せてもらう。

リンゴジャム　二五個　四〇〇〇ダリル／個　金貨十枚
ブドウジャム　一〇個　五〇〇〇ダリル／個　金貨五枚
リンゴジャムの納品は全部で四十ビン。前回十五ビンで残りが二十五ビンだった。

ひとビン売り値五千ダリルで二割引かれて四千ダリル。

「ブドウジャムは六千ダリルだったんだが二百ダリルはおまけしといたぞ」

「ありがとうございます」

こちらのほうが数も少ないし美味《おい》しいから売り値六千ダリルは妥当だろう。

六千ダリルなら収入は四千八百ダリルだけど端数計算は確かに面倒だ。どうしようか。

あ、金貨一枚は中級ポーションの代金かな、メルンさんに渡そう。

ちなみにビンの代金はドリドンさんの計らいで二割に含まれている。それでもドリドンさんはマージンだけでもそこそこ儲《もう》かる。ジャムだけで金貨五枚は丸儲けなはず。ぼろい商売ですな。

「いやあ、今回は儲かりましたな、旦那」

「そうですね、がっはっは」

ドリドンさんが笑う。結構真面目な人だけど、笑うんだな。

「さて恒例の、ラニアちゃんのお給料タイム」

「は、はいっ」

すでにラニアはうっすら涙を浮かべている。

「金貨十五枚なので、三分の一で金貨五枚です」

「ありがとうございます。母にも顔向けができます」

「そうだよね。怒ってお宅訪問されたときは、どうなるかと思った」

「はい、早とちりで怒られてしまいました」

ラニアちゃんがそっと目をこする。あのおばさん、怖かったよね。いきなり入ってきて、金貨一枚突きつけてくるんだもん。今では笑い話とはいえ、怖い。

スラム街の住民の平均収入は日に銀貨一枚。月に二十五日働いたとして、金貨二枚半。すなわち、金貨五枚は二か月分の収入に匹敵する。ほへぇ。

「計算上は給料二か月分だけど二か月、遊んでもいいよね」

「まあ、いいのかもね」

「どうでしょうか？」

ラニアは真面目だな。さてそのうち暗くなる。真っ暗になる前に夕ご飯を済ませておかないと。

そそくさと家に帰る。ラニアちゃんも連れていく。

「さて今日はエビの素揚げです」

「やった、エビ」

「エビは初めて食べるわ。でもなんだか虫みたいで」

「そう言われると」

二人は複雑な表情をしている。

俺が取ってくるくらいだから、きっと美味しいのだろうとは思っている。

でも見た目が虫、昆虫に似ている。この国では昆虫一般は食べる文化がない。

今日の夕ご飯メニュー。主食、イルク豆とインゲンの水煮。タンポポ草《ソウ》とサニーレタスの塩サラダ。ホレン草、サトイモ、干し肉そしてカニのスープ。本命、エビの素揚げ、塩とお好みで山椒《さんしょう》で。

ちゃちゃっとメルンさんと一緒に調理してしまう。水煮はすでにメルンさんが作ってくれていた。スープを作る。カニをぶつ切りにしてスープに投入する。干し肉とカニでいい出汁《だし》が出ると思う。

「さてエビを揚げます」

「わわっ」

「どうでしょうか」

最近使いだした油を温めて、頃合いを見てエビを投入する。

じゃわああ。

「わわわ」

「美味しそうです」

エビの匂いもしてくる。

「いい匂い」

油から赤くなったエビを引き上げて並べる。はい完成。

「ラファリエール様に感謝して、いただきます」

「「「いただきます」」」

まずはエビだろう。手で摘《つ》まんで口に入れる。

さくっ。

「うんまぁ」

「美味しい、甘いっ」

「美味しい、です」

エビはこりゃたまらん。やめられない、とまらない、エビ。

エビ四十匹前後がどんどんなくなっていく。

「あのエド君、少しエビを持って帰りたいんです。両親にも食べさせたい」

「あぁああ、気がつかなくて悪い。どうぞ」

「ありがとうございます」

エビを五匹ほど、取り分ける。一匹はラニア用と。

両親だけ食べて、ラニアは見てるだけだと両親も食べづらいだろう。

「スープも美味しい。出汁出てるぅ」

ミーニャもすっかり出汁という概念を覚えたらしい。カニの風味が素晴らしい。少し入れた干し肉もアクセントになり、塩と肉の旨味《うまみ》でいい味がする。サトイモも入っていて食べごたえがある。

「うみゃうみゃ」

「美味しいです」

メルンさんもギードさんも満足してくれた。

「ごちそうさまでした」

ラニアが帰る。

「もちろん、送っていくから。勝手に帰っちゃ危ないよ」

「あ、はい」

この前は一人で帰っちゃったからな。まだ幼女なんだから魔法師で強いといっても、筋肉に勝てる保証はない。治安も悪くはないけど、誘拐とかも皆無ではないと思う。第一、今日は金貨を持っている。どこで誰が見ていたかわからないので危険だ。

「では送ってきます」

「お邪魔しました。ありがとうございました」

ラニアとミーニャを連れて、暗くなってきた道を歩く。

もう太陽は沈んでしまったので、もうすぐ真っ暗になる。

「私、今、すごく、幸せなんだと思う」

ぽつりとラニアが言う。

「俺もそうだね。たぶん」

「わわわっ、私も」

ミーニャも慌てて合わせてくれる。

美味しいご飯が食べられて、ぐっすり眠れる。これだけでどれだけ幸せなことかと身に染みる。

「えいっ」

ラニアが突然、腕に抱き着いてくる。

これが女子高生とかならおっぱいを感じられるんだけど、残念ながら胸はまだない。

でも、体が密着して温かい。ラニアの心臓の鼓動がわかる。すごいドキドキしてる。

「あっああ」

左側にいたミーニャも対抗してくっついてくる。

俺は両手に花だった。いやあ、果報者だなぁ。

残念だけどラニアの家はうちからすぐだ。ボロいラニアの家に到着した。

「お母さん、お父さん、ただいま」

「ラニア、お帰り。ちょっと遅くないかな」

「あのね。あのね。エビを取ってきましたよ」

「エビ？」

「うん」

「ちょっと貰《もら》ってきたから、一緒に食べよう」

「まぁ」

ラニアがすぐにエビを出す。

「まあ、美味しい。甘いわ」

「おおお、美味しいな」

「でしょでしょ」

一家団欒《だんらん》というか。さて帰るか。と思ったけどお金の話になった。

「あとね、ジャムのお金。金貨五枚です」

「金貨五枚！」

「そんな大金！」

めちゃくちゃ驚いている。

「また、無理を言ったんじゃないでしょうね？　ラニアっ」

「大丈夫です。全部で金貨十五枚だったの、三人で公平に分けました」

「まあまあ」

「すごいぞ、ラニア。さすが俺の娘だ」

よし今回は怒られないようだ。そんじゃ俺たちは、お礼合戦になる前に退散しよう。

ミーニャと家に帰ってくる。帰り道もミーニャはくっついてきた。

温かくてなんだか子猫みたいだ。

家に帰り布団を並べると、今日もミーニャが抱き着いてくる。

この日もぐっすり寝ることができた。


水曜日、朝。今日も教会のゴーンという鐘の音で起きる。

「えへへ、エド、すきぃ」

「ああ、ミーニャ、おはよう。俺も好きだよ」

「にゃはあ、うれしい」

ミーニャはかわいい。俺に懐《なつ》いている。猫みたい。

今日は雨みたいだ。朝ご飯を食べたら活動開始する。

「今日は、昨日漁で使ったし、籠作りをしようと思う」

「あ、そうだね」

昨日漁で使ったのは水浸しだし、漁用にしようと思う。

減った分は新しく手に入れないといけないけど、この際、作ってしまおう。

昨日、蔦を集めてもらった。

「あ、そうだった。ラニア迎えに行ってくる」

「はい、はーい」

ミーニャと迎えに行き、ラニアを連れて家に戻ってくる。

「あのメルンさん、籠の作り方ってわかる？」

「籠くらいなら、作れるわよ。どんな籠？」

「こういうの」

漁で使った籠を見せる。

「見本があるならそっくりに編めばいいだけだから」

「それが、結構難しい」

「そうかもしれないわね。ふふ」

なかなか余裕そうなメルンさん。

「あ、そうだ。ついでにお隣にも声をかけてくる」

家を出て隣の家へ。

「ルドルフさん、クエスさん」

「はーい」

「あの、今日って仕事、ありますか？」

「いやあ、こういっちゃなんだけど、今日もない。面目ない」

「いやいいんです。あの、籠を編むんですけど、一緒にやりませんか。完成したらお金になりますよ」

「ほほう、どれくらい？」

「一個で銀貨一枚くらいですかね」

「そうかい。俺、やってみるよ」

両人を連れて家に戻る。

先生はメルンさんが担当。昨日集めてきた蔦を使って、みんなで編んでいく。

「なかなか難しい」

「形を整えるのが、大変ね」

そんなことを言いながら、作業をしていく。

「できた‼」

「なかなか上手だね」

メルンさんと一緒に編み始めて、最初に完成したのはミーニャだった。

すぐにラニアも完成させる。ルドルフさんとクエスさんはちょっと遅れ気味。

「こっちも完成」

「ええ、できたわ」

みんなの完成品が出揃《そろ》う。似たような三十センチぐらいの普通の籠ができた。

みんな同じというのがポイントなのだ。

「これね、こうやって」

俺が重ねていく。

「同じふうに作ったから重なるんだ。使わないときに場所を取らない」

「なるほど」

「すごい」

形がいびつなのは、最初だし仕方がない。でも回数をこなせば、もっとうまくなるはず。

「蔦は街道の南側、川の手前の平原にいっぱい生えてます。採ってくればいい」

「確かに」

材料費はタダだ。編む作業は二時間ぐらいか。スプーンと大差ない。

「木のスプーンだと高性能なナイフがないと辛《つら》いんですけど、これなら器用ささえあれば、できる」

「おおお、すごいぞ、エド君」

ルドルフさんが褒めてくれる。あと必要なのは根気だね。

ぐるぐる巻いていくんだけど、かなりの回数が必要だ。飽きっぽいと難しい。

「実を言うと、まだ売れるかはわからなくて」

「いえ、籠でしょ。売れるわ」

メルンさんが言う。

「瓶《かめ》とかじゃ入らないものもあるもの。パンだって籠のほうがいいわ」

「なるほど」

「それにね、籠って壺《つぼ》よりずっと軽いのよ。女性ならなおさら重いのより軽いほうがいいわ」

「確かに」

素晴らしい考察だ。さすがいいとこのお嬢様、メルンさん。

「最初の作品は、売れるかドリドンさんと相談してみましょう」

ラニアが提案してくれる。


ということでみんなで並んでドリドン雑貨店に来た。籠を持っている。

「みなさんお揃いで。なにかお買い物ですか？」

ドリドンのおじさんは、籠を持っているので買い物に来たと思ったのだろう。

「実はこの籠が売れないかと思いまして。相談に来ました」

「ふむ」

俺の籠をドリドンさんに渡すと、ひっくり返したり回したりして品質を確認している。

「そうですね。出来は悪くはないです。販売額は銀貨一枚でどうでしょう」

「はい、いいと思います」

俺は同意する。二時間で一個は出来る。手取りは一個で銅貨八枚。悪くはない。スプーンは小さいので単価が安かったけど、これは結構大きいので、値段もする。苦労は同じくらいだと思うと、スプーンは面倒かもしれない。逆にスプーンを専業で作る人が少なくて、競争相手がいないという利点はある。だからどっちも捨てがたい。

最終的には、需要がないと作っても売れなければ意味がないもんね。

「えっと一、二、三、四、五、六個かな？」

「はい」

俺、ミーニャ、ラニア、メルン、ルドルフ、クエスで六人のはず。

ギードさんは家でスプーンを作ってる。

「じゃあはい、六かける銅貨八枚、おまけして銀貨五枚ね」

「ありがとうございます」

前金だった。スプーンも前金でもらっている。お茶のときは取引の信用がなかったし、ジャムは余ったら腐ってしまう生鮮食品扱いだから後払いなのだと思う。

ジャムは金額が高いため、先渡しが難しいという理由もある。

「もっと作ったら買い取ってくれます？」

「ああ、最近儲かったからな、もっと買い取れるぞ。余っても例のスプーンのときのトライエの商店に押し付ければ、買ってくれると思うし」

「わかりました」

とりあえず、買ってはもらえることが確定した。

籠は農村とかからの輸入品が多いので、それを買うともうちょっと高い。

地産地消というか輸送コストと中間マージンがない分、安く売れるし、俺たちに入る買い取り価格が高くなるんだと思う。

現に元から売ってる籠は俺たちの籠より少し上質なだけで高い。銀貨二枚。倍の値段だった。

これならおっちゃんも、買ってもらえそうで、ホクホク顔だ。


雨なので家に帰り、引き続き籠を作った。ミーニャと俺の分は家で使うために残す。

あとはみんなで作ってまとめて一緒に売ればいい。

作業は一日続いた。何個も作っているとコツも掴んでくる。

このままならそこそこの収入になりそうだ。ルドルフさんとクエスさんも無収入ではなくなる。

メルンさんも治療する人がいないときに作ってくれるらしい。

これでうちの収入ももう少し安定することになりそうだ。


木曜日。今日も朝ご飯を食べたら出発だ。

ミーニャを連れ、スラム街を抜けて草原の様子を見に行く。

「お、やっぱり、なってる、なってる」

草原にはぽつぽつと間隔を空けつつ、赤い実がなっていた。

【ノイチゴ　植物　食用可】

二週間前はまだ白い花だった。それが一斉に実がなろうとしている。

まだ完熟になり始めで、今日あたりからしばらく収穫できそうな感じになっている。

問題はスラム街の草原は子供たちの縄張りであり、毎年ノイチゴだけは、みんなで採って食べるという習慣があることだった。

このノイチゴを集めてジャムにすれば、かなり儲かる。

しかしみんなに声をかければ、ジャム作りが露見するし、代金の分配も必要だ。

勝手に自分だけで採れば大顰蹙《ひんしゅく》を買うことは間違いない。

ということで切り株のある草原は諦めようと思う。しかしどういうわけか、抜け道があった。

それは道を渡った川岸の平地にも、草原ほどではないけど、ノイチゴはなっているということだ。

子供たちは食べたいには食べたいが、そこまでして採りに行くほどでもないということなのか、なぜかそちら側の分は基本スルーしている。

「ひっそりと川岸の平地のノイチゴを集めます」

「はーい」

そうと決まればラニアを迎えに行こう。

「ラーニーアーちゃーんー」

「は、はーいっ」

「川岸でノイチゴを集めてジャムにします。子供たちにバレないように、そそくさと」

「わ、わかりました」

ということでスラム街を通って街道を渡り、南側の川岸へ。

「なってる、といえば、なってるね」

確かに草原ほどたくさんはなっていない。しかし集めればかなりの数になるのは間違いない。

切り株の草原より、川岸のほうが広い。

前世のおかげで、算数は得意だ。心の中でそろばんをはじいた。

一つのイチゴの株に到着。さっそく摘んでいく。

一か所に何個もなるので、一度見つけるとそれなりに採れる。また次のイチゴの株に移動、摘んでいく。合間にタンポポ草なども採取しつつ、どんどん集めた。

実が潰《つぶ》れる前にミーニャとラニアの採った分を定期回収する。

「はい、エド」

「エド君、どうぞです」

「ありがとう」

別に俺が貰うわけではないけど、なんとなくお礼を言う。

ミーニャは俺によろこんでもらえるのをよろこびとしているので、すごくうれしそうだ。

ラニアも多少なりとも、そんな感じはある。

お金になるというのも、これが集まればジャムになるというのも、うれしいのだろう。

赤とオレンジのノイチゴが大量に集まった。色は違うけど、一緒にしてしまう。

午前中ぎりぎりいっぱい、今日の分は集め終わった。かなり採れたと思う。

アイテムボックスの残り容量も減っている。

「はい、ミーニャ、ありがとう、終わりにしよう」

「うにゃあ」

「ラニア、ありがとう。終わりだよ」

「はいです」

それぞれ声をかける。

「家に帰ってお昼を食べたら、ジャムにしよう」

「やったっ」

「楽しみです」

いやあやっぱりジャムは格別だ。しかも美味しいのはわかっている。イチゴだもんね。

ストロベリーじゃなくてラズベリーに近いけれど、イチゴジャムとパンとの相性は前世でも保証済みといえる。


家に帰ってきて、いつものように野草のお昼ご飯にする。

「さて、ジャムを作ります」

「はーい」

「いよいよですね」

イチゴを鍋に投入。少量の塩、水を加える。

イチゴのいい匂いがする。赤いイチゴの色が美味しそう。

「「(ごくり)」」

二人とも我慢できないという顔をして、見てくる。まだ早い、もうちょっとだ。

「完成！」

「「わーい」」

いつの間にかパンを用意している。ナイフで切ってあげる。

そして薄切りにしたパンにイチゴジャムを塗って、一口。

「「美味しー」」

「お、うまいじゃん」

なかなか。ほどよい甘さ。ちょっとの酸味がまた美味しさを引き立てる。

このバランスが素晴らしい。あと匂い。イチゴのいい匂いがいっぱいだ。

やっぱりジャムといえばイチゴ。イチゴといえばジャムなのだ。

俺は二人がまだ食べたそうにしているのを尻目に、次のイチゴジャムの作成にかかる。

そうしてイチゴジャム第一弾が完成した。


ビン詰めもしてドリドン雑貨店に向かった。

「ドリドンのおっちゃん、おっちゃん」

「お、なんだエド」

「イチゴ、ジャム」

「お？　確かにそろそろそんな時期だが、子供のおやつだったろ」

「そうなんだけど、川岸のほうは採らないから」

「なるほど。それでいくつだ？」

「二十、ですね」

「味見用は？」

「あるよ」

俺は味見用のイチゴジャムを渡す。さっそく売り物の黒パンを薄切りにすると、奥さんを呼び出した。パンにジャムを塗る。食べる。

「美味しいわ」

「うまいな」

奥さんもドリドンさんも、味には満足のようだ。

「問題は値段だな。ブドウよりも俺は好きだ」

「私もそうかもしれないわ」

「六千ダリル、手取り五千ダリルでいいか？」

「いいよ」

俺は二つ返事をする。ブドウと同じ額だった。もっと高くても売れるだろうけど、素人の砂糖なしの値段としては、これぐらいが限界かもしれない。

「では、販売よろしくお願いします」

「おお、まかせろ」

ドリドンさんとお互いに腕を突き出すポーズで、健闘を祈って別れた。

さてどうなるかな、イチゴジャム第一弾。そう、これは第一弾なのだ。まだ収穫前期で、もう一回か二回は作れる。お金は倍ドンだ。

もちろん、ラニアにもひとビン渡した。

十章　タンパク質。エッグバードの鳥卵と魚釣り

金曜日。今日も教会の鐘で起きる。転生の記憶に目覚めてからもう少しで三週間か。

朝ご飯を食べて、今日はまた森へ行こうと思う。

「ミーニャ、今日は森ね」

「はいにゃ」

相変わらず金髪ストレートが美しい。そろそろ服を買ったほうがいいな。あと防具。

ラニアの家に寄って確保する。

「ラニア、今日は森ね」

「はい」

同じ台詞《せりふ》を再び告げて、移動開始だ。本日はゴブリン討伐隊の気分だ。

討伐隊の騎士の有志一同は、スラム街をRPGのキャラのごとく出陣パレードする。

もちろん見ている人はほぼいない。

魔法の杖《つえ》と剣を持っているから、ちょっと目立つけど、あまり気にされていない。寂しい。

切り株の草原に着いたので、ちょっとだけ今日の分の野草を収穫する。

「よし、いよいよ森だね」

「「はい」」

「ミーニャ、いつものよろしく」

「はいにゃ」

ミーニャが真剣な顔になり、俺たちはそれに相対する。

「ラファリエール様、私たちをお守りください」

ミーニャがそう言ってから右から左、左から右と手刀で聖印を切る。何回かやっているし慣れたものだ。

なんとなく神聖な気分になるから、不思議だ。

「さて、エクシス森林を探検します」

「「はーい」」

ここの森、一応名前があってエクシス森林という。だいたいは単に森と呼んでいるけど、他と区別したりしたいときにはそう言う。

街道はエルトリア街道という。よくわからないけど、エルダニアとトライエの合成語らしい。旅をすることになったら、耳にすることもあるかもしれない。

ほどよい日陰の森の中を進む。大きなハート形の葉っぱがある。

「おっと、サトイモ発見」

【サトイモ　植物　食用可】

うん。サトイモだ。実は地球にはサトイモっぽい葉っぱでも毒イモ、クワズイモなどがある。だから油断は禁物だ。サトイモは在庫切れになるところだったので、うれしい収穫だった。

そのまま北へ進む。今度は倒木の根本に、キノコが生えていた。

【ウスベニタケ　キノコ　食用可】

薄ピンクのヒラタケのようなキノコだ。色は微妙だけど、食べられるらしい。

「キノコですね」

「これも食べられるらしいよ」

「食べられるんだ、楽しみ」

二人とも美味《おい》しいキノコを食べた経験上、ヨダレが出そうな顔をしている。

「味はわかんないけどね」

「そう、ですか」

そのまま、チェックポイントの青リンゴの木を通過。この木はこの前、傷んでいるもの以外を採ってしまったので、もうリンゴはほとんどなっていない。

前回ゴブリンが出てきたところにも、ほど近い。

「なんか魔物の気配を感じます」

「そう、なの？」

「はい」

青髪のラニアがそう言う。物理的な気配ではなく、おそらく魔力的なものだと思う。魔法が得意というマギ族には、そういう魔力感知的なスキルがあるのかもしれない。

「私もなんとなく、不穏な気を感じるような気がする」

ミーニャも真剣な顔をしていた。

聖女とか巫女《みこ》に近いミーニャたちエルフも、やはり何か感じるらしい。

「ギギ」

「グギャギャ、ギグ」

ゴブリンの鳴き声だ。すぐに草むらをかき分けて、ゴブリンが出てきた。今回は鉢合わせではなかった。その数四匹。多い。

ミーニャを下がらせて俺とラニアが剣と杖を構える。

俺だって空き時間に剣の素振りを続けている。少しは成長した、はずだ。

「おりゃあああ」

先頭のゴブリンにこちらから斬りかかる。

ゴブリンは余裕の相手だと思っていたのか、不意を突かれたらしく、右肩辺りに深く突き刺さった。

「ギャアアア」

ゴブリンが泣き叫ぶが、俺は冷静に剣を引く。

残りの三匹はいきなりの攻撃に、てんてこ舞いになっていた。

先頭のゴブリンはそのまま泡を吹いて倒れた。まずは一匹だ。

「燃え盛る炎よ——ファイア」

冷静にラニアが魔法を唱えて、向かって右側のゴブリンに火球が命中する。

「ギャイヤア」

火に包まれて、どうすることもできないまま二匹目が倒れる。

「ギャッギャギャギャ」

「ギャギャ」

残りのゴブリン二匹がようやく棍棒《こんぼう》を構えて、防御姿勢を取った。

「私だって活躍するんだもん」

ミーニャが魔法の杖、聖杖を叩《たた》きつける。ゴブリンは一応防御したものの、棍棒ごと叩きつけられて、かなりのダメージのようだ。そこへ俺が追撃の剣を振り下ろして斬り裂いた。

「ギャアア」

悲鳴を上げたものの、なすすべもなく三匹目が倒れた。

「凍《い》てつく氷結よ――アイス」

そして四匹目が防御体勢をしていても、魔法は防げない。

氷結の魔法で氷の塊が直撃して、そのままお亡くなりになった。俺たちの圧勝だ。

「お、終わったのか……」

「はい、エド君、私たちの勝利です」

「勝ったにゃ、勝ったにゃん」

ラニアとミーニャがよろこんで抱き合っている。そのまま二人が俺のところに来て、俺まで抱き着かれる。

温かくて、いい匂いがする。肉付きはあんまりよくないけど、ちょっと柔らかい。

「エド強くなった！」

まあウサギのときは逃げられてたからな、俺。

今回は、ちゃんと攻撃を当てられた。進歩ではなかろうか。

ゴブリンにナイフを使って、胸の魔石を回収する。

そういえば、レベルっぽいものも上がった気がする。なんとなく強くなったような感覚がある。

レベルまたは経験値システムはあるのかもしれない。表示されていないだけで。

ゴブリン戦のあとも三人はその辺を徘徊《はいかい》した。サトイモをまた見つけて、収穫。

「おおお、これはブドウの木じゃん」

【ヤマブドウ　植物　食用可】

ちょっとピークを過ぎて熟しすぎているけれど、食べられないわけでない。

紫の実が美味しそうだ。ちょっと味見をしてみる。

「んっ、甘い」

「んんんっ、すごい、甘くて美味しいわ」

「にゃああ、美味しい」

これなら十分いける。

「よし、傷んでるの以外、全部採ろう」

「「はーい」」

一所懸命ブドウを収穫する。高いところも、協力して軽いミーニャを持ち上げたりして採った。

次々にアイテムボックスに放り込んでいく。レベルアップしたからか、アイテムボックスの容量も背負いバッグ二個分から、四個分に倍増していた。

ブドウの収穫は二回目だけど、房ごと採って集めていく。またジャム作りがはかどる。ブドウを集め終わり、その辺をめぼしいものがないか周回していたところ、ゴブリン三匹とまた遭遇した。

「ゴブリンだ」

「やっつけましょう」

「やるよん」

今回も、さくっと倒してはい終わり。といきたかったんだけど。

「ゴブゴブ」

「ぐ、くそう」

「離れてください、私が。燃え盛る炎よ――ファイア」

俺がミスったのをラニアが加勢してくれて、一撃で倒す。これで三匹を仕留めた。

「しくった。すまん」

「ううん。今、ヒールするね。癒《いや》しの光を――ヒール」

俺をミーニャの暖かい緑の光が包み込む、直撃を受けた左肩の痛みが引いていく。

「おおぅ、すげーきく。ヒールさんきゅ」

「はい、お役に立つんだもん」

ミーニャの頭を撫《な》でてやる。にへりゃと顔を崩す。たっぷりお礼をした。

ゴブリンから魔石を取り出すと、俺たちはその場を後にする。


そしてまたしばらく移動して、ふと気になっていた生物へと目を向ける。

「そういえばさ、スライムってよくその辺にいるよね」

「はい」

俺たちの前には、三十センチくらいのスライムが歩いていた。普通、昼間は木の葉の下などに隠れている。ここは森の中なので若干暗く、こうして地上を歩いている個体もいるのだ。

雨の降ったときなどは昼間も活動していて、スラム街を歩いているやつもいる。

翌日まで残っていると、子供たちの格好の遊び相手になった。ボロボロにされたスライムはトイレに捨てられて、種スライムの一員になる。ということで、あまり相手にされていないのだが。

「ミーニャもラニアも敵を倒すと、それに応じて強くなるってのは知ってる？」

「ええ、なんとなく」

「知ってるよ」

二人とも頷《うなず》いた。

「そこでですよ。こうして風景みたいにいるスライムも一応、魔物なんだよね」

「そうだね」

「はい、そうですよ」

さらに同意する。

「たくさんいるスライムを倒して歩いたら、さらに強くなれるのでは」

「なるほど、です」

「ほえぇぇえ」

よし、試しにやってみよう。目の前のスライムを剣で攻撃、魔石を奪取する。

【スライムの魔結石　魔石　普通】

普通ではあるけどサイズは他の魔物より一回り小さく、一センチぐらい。ゴブリンが三センチ、一角ウサギは二センチ。値段は安いだろうけど、これも収入になる。

魔石はそのまま魔道具の核などになるほか、粉にして魔力粉としても使われるんだと思う。

その辺を移動しながら、木の葉や木などに隠れているスライムを探して、倒していく。

「スライム、発見、えいやぁ」

「こっちにもスライムです。ほいほい」

魔法を使うまでもなく、杖で攻撃するだけで十分いける。

目を凝らして探せば、スライムはいくらでもいる。最近雨が降っていたので、数も増えているのかもしれない。十五匹くらい倒したところだろうか。

「んんっ」

変な感じが俺の全身を突き抜けていった。前より力があるような気がする。

「なんか、変な感じしましたね」

「なんだろうね」

二人も感じたらしい。どうもパーティー編成をしていると、平等に経験値が分けられているようで、俺たちは今までも同じタイミングでレベルアップしていた。

なんとなくアイテムボックスの容量がバッグ四個分から六個分くらいに増えた感じがする。

ただの感覚だけど、感覚もバカにできない。

レベルアップに必要な経験値量は普通のゲームならレベルが上がるたびに増える。

例えば、二、四、八、十六のように最初のほうは倍々になることが多い。今までの敵の数と強さを加味してもそんな感じだ。次はスライム換算で三十匹ぐらい必要ということだろう。

ちょっと多いので、あきらめて帰ろう。適当に徘徊していたルートを南へ戻る。


帰り道の途中ではゴブリンにも遭遇せず、なんとか戻ってきた。

お昼ご飯を食べて、午後はまたブドウジャムを作った。うちのコンロの魔道具は大活躍だ。

本当にコンロがあってよかった。薪《まき》だったらとてもジャムなんてずっと作っていられない。

「ジャム、できました」

「完熟ブドウジャム……じゅるり」

もう二人はヨダレが出そうだ。

「食べていいぞ」

「「いただきます」」

神への挨拶すら忘れて、パンにジャムを塗り、口に放り込む。

「「美味しー」」

二人はご満悦。俺とメルンさんとギードさんは苦笑だ。自分たちも、もちろん試食をした。

過去一番甘い。美味しかった。

完熟ブドウジャムの販売用ビン十個が目の前にある。

もちろんこれとは別に自宅用、保管用、ドリドンさん用、ラニア家用があった。

夕方、ドリドン雑貨店にお邪魔する。

「おっちゃん。ブドウジャムなんだけど、追加。十ビン。前より甘い完熟のブドウ」

「おおぉ」

俺は試食用をひとビン渡す。

奥さんを呼び、また販売用パンを取り出して、ドリドンさんが食べ始める。

「すごく、甘い。美味しい」

「美味しいわ、これなら高く売れるわね」

ジャムは好評だったので、今回も販売されることになった。

「一つ、七千ダリル。手取り六千ダリルでいいか？」

「いいの？　おっちゃんの儲《もう》けが少ないけど」

「いいんだ。これぐらいなら大丈夫」

値段にして金貨六枚の収入が約束されたのだった。

捕らぬラクーンの皮算用、とは言うけどこれは確定だ。


土曜日。本日も朝食を済ませて俺とミーニャとラニアで、森を探索する。

先に草原で今日、明日分ぐらいの葉っぱを採って、森に入った。

森の入り口でいつもの祝福をミーニャにしてもらう。

いつ見ても幻想的だけどこれで実際にステータスアップになるので、かなりお得だ。

これができる人はかなり貴重だと思われる。ミーニャに感謝をしつつ先へ進む。

「こちらエド。森探索を始めます。ミーニャ隊員、ラニア隊員、いいかな？」

「ミーニャ隊員、了解」

「ラニア隊員、了解、です」

森へ入っていく。途中、フキを採取する。フキは生えまくっているので、別に探すまでもない。

煮物にすると美味しい。アク抜きさえすれば、一度に煮てしまって、ちょっとずつ毎日食べることができるのもいい。

そういえば昨日採れたウスベニタケは、スープに入れたけれど美味しかった。キノコごとにその味は違うが、それを言語で表すのは難しい。

今日も昨日と同じくらいまで森に潜ろう。スプーン作りなどで使う木の枝もいくつか確保した。

「あっ」

「コケッ」

鳥だ。地上を走る鳥。緑青《ろくしょう》と茶色のような模様の体長四十センチぐらいの鳥。

心当たりがある。か、鑑定。

【（名前無し）
2歳　メス　C型　エッグバード　Eランク
HP192／198　MP118／159
健康状態：A（普通）】

おお、モンスター表示だ。そして「エッグバード」ときた。

こいつはこの世界の知識として知っている。

ニワトリとは別に、モンスターとして卵を毎日産む習性のある益鳥、それがエッグバードだった。

ただしこいつは家畜ではなく野生として森などに棲《す》んでいる。そして数があまりいないため、レアモンスター扱いを受けている。

「絶対、逃がさない。捕まえる。生け捕りね」

「は、はいにゃ」

「わかったわ」

俺、ミーニャ、ラニアが少し間隔をあけて、エッグバードを囲う。

ちょっとずつ、範囲を狭めていく。

こいつはメスだ。モンスター表示さまさまで、雌雄の判別はありがたい。

さあよいこちゃん、こっちおいで。

「コッココ」

「おいで~。一緒に暮らそう」

「鳥さん、お肉」

「鳥さん、来るですよ」

「いや、ミーニャ、肉にはしないぞ」

「そうなの？」

「ああ」

ミーニャが少ししょんぼりしているけど、いいんだ。

肉は食ったら終わりだけど、卵なら餌を与えて、産んだら産んだぶんだけ、食べられる。

それに肉の伝手《つて》は他にあるけど、卵はない。

城壁内でもニワトリは飼育されているから、卵の供給はあるものの、やはり野菜以上に需要に追いついていなくて、かなり高い。スラム街の子には縁がないくらい、卵は高い。

それからエッグバードという名前は伊達《だて》でなく、ニワトリの卵よりも美味しいらしい。

金のなる木でもあるけど、どちらかというと自分用にしたい。

「ちちちち」

「コケ」

「いまだっ」

「おりゃあああ」

「はいですううう」

みんなでエッグバードを囲って捕まえる。逃げそうになったけど、なんとか取り押さえた。

「よし、このまま、しゅ、収納」

生き物が生きたまま入るのはエビで確認済みだ。どんな世界が中に広がっているかは人間を入れないとわからないけど、エッグバードには犠牲になってもらおう。

「やったあああ」

「はい、やったね。でも、お肉……」

「やりましたね」

さてミーニャの誤解を解かないと。

「ミーニャ、卵ってわかるよな？」

「うん。カエルの卵とか、カマキリの卵とか」

「そうそう。それで鳥の卵は食べると美味しい」

「美味しい……」

「そうだ。肉にしちゃわないで、飼うんだ。それで卵を産ませる」

「産ませる、ああ、なるほどぉ」

理解したようで、ぱっと一転、明るい顔になった。かわいい。

エッグバードは、ほぼ毎日卵を産む。モンスターなので鳥よりも丈夫だという話も聞いた。ただ卵を産むくせに繁殖させるのが非常に難しく、家畜化まではいっていないとか。

「たまご、たまごぉ、たまごおお」

「そうだ、そうだ」

ミーニャもご機嫌だ。さらに探検を進める。

「あ、キノコ。ウスベニタケ」

ミーニャが発見する。うん、鑑定。確かにウスベニタケだ。ナイス、ミーニャ。回収っと。

これで出汁《だし》も取れるから、卵料理を考えたい。明日の朝ご飯にしようかな。

この後、ゴブリン三匹と戦闘になった。今回は余裕だった。ケガもしない。


家に戻ってくる。

「ただいま～」

家の中に入り扉を閉めたら、エッグバードを取り出す。

「コココッ」

「メルンさん、ギードさん、エッグバードです」

「おおお、これが噂《うわさ》に聞くエッグバードかい」

家の中で飼うことになった。台所の土間を中心に、座敷犬ならぬ座敷鳥。

庭に小屋を建てるのは無理だし、柵などで囲っても盗難の可能性がある。

スラム街はさすがに鳥の放し飼いができるほど治安は良くない。

採ってきた普通の草を出して、一角に巣っぽいものを作ってやったら、よろこんで座っていた。

「こうやっていると、かわいいね」

「ああ」

「ココッコケコ」

「ロックバードだっけ？」

「エッグバードです」

「そっか、エッグバードね」

そうですよ、ミーニャちゃん。

さて無事に卵を産んでくれるでしょうか。結果は明日待ちになりそうだ。

豆より美味しい夕ご飯を食べて、布団を並べて寝る。おやすみなさい。


日曜日。街にある教会の鐘の音で朝起きると、いきなりの朗報が待っていた。

「おはよう、ミーニャ」

「おはよぅエドぉ」

「コッケココ」

エッグバードが卵を産んだのだ。いきなりか、と思ったけれど、すでに成体だし元々毎日のように産むのであれば、いきなり産まなくなるほうが変かもしれない。

環境が変わると産まなくなるかもしれなかったので、少し心配していたのだ。

卵は草を敷いた巣もどきの上にちゃんと置かれていた。卵の上には一応、エッグバードが座っていたけれど、ちょっとどかしてみたら卵が下から出てきたのだ。

「ごめんね、でも卵ください な」

「コッケ、ココッココ」

別に抗議ではないようだけど、鳴き声を上げた。卵を小さい籠《かご》に入れて、様子を見る。

卵がなくなってしまったけど、エッグバードはおとなしく自分の巣に座っている。

特に騒いだりはせず、逆に落ち込んだりしている様子もない。

鳥だから何考えてるかよくわからないけど、大丈夫そうだ。

さっそく朝ご飯に使ってみる。一個しかないのでスープに入れることにする。

ホレン草《ソウ》と卵とタマネギのスープだ。ホレン草とタマネギを入れて茹《ゆ》でて沸騰させる。

ボウルの代用の深皿に卵を割り入れて、スプーンでかき混ぜておく。

「これが卵なの？」

「そう。黄色いのが黄身、周りの透明なのが白身だよ」

「ふううん。カエルの卵とは全然違うね」

「まあね」

ミーニャの中では卵はカエルのイメージなのだろう。

「カエルの卵だと思うと、あんまり美味しそうじゃないね」

「全然違うんじゃないかな、カエルの卵は食べたことないけど」

「そうなんだ」

さて、カエルの卵の味はともかく、ニワトリの卵にそっくりなので大丈夫だろう。

スープを混ぜながら溶き卵を円を描くように入れると、黄色い卵が薄絹のように広がっていく。

「わわ、なにこれ、すごい」

「ああ、けっこう綺麗《きれい》だよな」

こうして日本で言うところの「かきたま汁」に近いものが出来上がった。

本当はプレーンオムレツが好きなのだけど、あれは卵が三つくらいないと大きく作れない。みんなで一つを分けるとしたら、かきたま汁がいいかなと思ったのだ。

超定番の卵料理であるプリンもみんなで食べるなら卵一個では無理だ。

エッグバードの卵は鶏卵より気持ち大きい程度だから。

他の料理も作ってもらい、みんなで朝ご飯だ。

ラニアがいないのは可哀想《かわいそう》かもしれないけれど、また次の機会に卵料理をごちそうしよう。

「いただきます」

「おぉお、懐かしいね、卵だね」

「これが卵料理なんだね」

さすがメルンさんとギードさんは知っているご様子。

一方のミーニャは初めて見たから、まだ若干わかってないようだ。

「美味しいね」

「なんだかふわふわしてて面白いね。風味もいいね」

卵スープはなかなかの好評だった。ニワトリに似てるし美味しいらしいと評判だったので、心配はしてなかったけど、実際のところはわからなかったので、これで一安心だ。

卵が入手できるとなると、作れるレシピ、改善される料理が大量にある。

現代日本ではいろいろな料理で卵を使う。使わなくてもなんとか作れるものもあるけれど、風味とかが変わってしまう。パンだって粉に卵を混ぜたり、表面に卵黄を塗ったりするし、フライやとんかつでもパン粉の前に卵液をつけると思う。

ハンバーグにも卵を入れたりする。入れる理由までは知らないが。

いわゆる卵料理ではなくても、そうやってかなり使うらしいのだ。

メインは卵料理として使うとは思うけど、こうして一つ食生活が豊かになるのはうれしい。

欲を言えばこの鳥、四羽くらい欲しい。そうすれば家族四人で毎日食べられる。

レアモンスターというから難しいが、なんとかしたい。長期計画には入れておこう。

「ねえ、もう卵は産んだから、解体して唐揚げにしてもいいの？」

「おいミーニャ、誤解してるぞ」

「え、なんで？　唐揚げ好きだよ？」

「そうじゃなくて、卵はほぼ毎日産むんだよ。だからこれからもお肉にはしないんだ」

「そうなんだ。唐揚げ食べたかったなぁ」

「またウサギの唐揚げ食べよう。それで我慢して」

「わかったっ」

あやうくお肉にされてしまうところだったエッグバード。

本人（鳥）はそんなの露知《つゆ》らず、呑気《のんき》に草を啄《ついば》んだり、のんびりしていた。

ミーニャはエッグバードを見て、ヨダレを垂らしそうな顔をしている。まだ唐揚げにする気なのだろうか。ミーニャに唐揚げにされてしまわないように監視しないとな。

もっともミーニャは俺にべったりだから、隙《すき》はそれほどないから大丈夫か。

さてどうしたものか。とりあえずエッグバードの餌や敷物として草を調達してくるか。

ついでに野草も採ってきて、野菜の代用などにもしようか。

今日は日曜日だから、夕食は豪華になる予定だ。最近では平日も割合いいものを食べているとはいえ、やっぱり日曜日は特別だ。そういう宗教であるのと、パンの有無も大きい。

日曜はパンの日なのでジャムの需要が高い。これはジャムが売れる気配がする。

城内からも噂を聞きつけた人がまた買いに来るらしく、ちょくちょく売れているそうだ。

「いひひ」

「エド、悪い顔してる」

「ジャムは儲かるなって思って」

「あーうん、そうだにゃ」

白い目で見てくるミーニャを眺めながら、今日の予定を考えた。


ラニアを迎えに行く。まず草を確保した俺たち三人は、ドリドン雑貨店に出向いた。

「ドリドンさん、あのさ、釣り竿《つりざお》ある？　できれば人数分」

「あぁ、確かあっちの奥に、ほらあるある」

「やった」

「釣り竿か、魚でも釣るのか？」

「他に何に使うんよ」

「そりゃそうだな、あはは」

もうドリドンさんったら。ということで、本日の目的は釣りだ。たまには魚も食べたい。アジとかサバが恋しいというのもあるが、そういう大きな魚は無理だ。海がないし。

この世界の川にも魚がちゃんといる。

この辺りは川の水質も悪くなく、泥臭くもないから食べられるだろう。

町の中では数人いるらしい漁師が獲《と》ってきた魚が一部で食べられている。

メルバドル魚料理店という有名店があるのだ。

スラム街の住人である俺はメニューまでは存じていないが、美味しいらしいとは聞いている。

自分で獲ってくれれば、高い魚を買わなくてもいい。自給自足はこの異世界では節約ポイントなのだ。日本では専門職の人に大量に処理してもらったほうが結果的に量産効果で安くなったりするが、異世界ではそうでもない。

農家しかり、漁師しかりなのだ。お肉やお魚も自分で獲ってくれれば丸儲けと。

「お買い上げありがとうございました」

「ドリドンさん、ありがとう」

こうして釣り竿と疑似餌も手に入れて、トライエ市のすぐ南側を流れるメルリア川に行く。

ここは以前、ミーニャときゃっきゃうふふの水浴びをしたところだ。

河川敷にはノイチゴがまだたくさん残っている。これも近々採りに来たいのだけど、今日は魚だ。

「んじゃそういうことで」

「エド、よくわかんない！」

「簡単、簡単！　釣り竿持って、糸の先を水の中に入れるだけ」

俺が自分の竿で実演してみせる。ミーニャとラニアもそれを見て、恐る恐る真似をする。

流れはそれほど急ではない。ゆったりした川に釣り糸が垂れていた。

「釣れないよ？」

「ミーニャ、そんなすぐ釣れないって、待つんだ。待つのが基本だから」

「そうなんだ、わかった！」

こうしてみんなで釣りをする。今日も空には小型のワイバーンが偵察飛行しているのが見える。

あれは北の山を住処《すみか》にしていて、縄張りの見回りをしているのだ。

猫が近所を歩いて回るのに似ている。ワイバーンはそんなにかわいいものではないけど。

もっと近くでは鳥も飛んでいく。なんの鳥なのかはよくわからない。エッグバードでないのは確かだ。

ビクンビクン。

「おっ、きた」

「にゃぁああ」

俺の竿がヒットする。隣で見ていたミーニャがびっくりして声を上げた。

引きはそこまで強烈ではない。でも糸を引っ張っていて、今までの平和が嘘《うそ》のようだ。

手作り感満載の異世界のリールを巻いて糸を手繰る。

最後に竿をピッと立てると、糸がビューンと伸びて魚が水面から上がってくる。

「おぉおっ、お魚。お魚ついてる！」

「お魚さんですね」

こうして俺が最初の一匹を釣り上げた。いつものあれ。鑑定タイム。

【メッシーマス　魚　食用可】

うむ。マスだからサケの仲間だろう。例外もあるがだいたいサケと呼ぶときは海へ行って戻ってくるタイプ。マスは川で一生を過ごすグループの名称だ。

長さは二十センチくらいか、そこそこ大きいと思う。

「すごい、すごいにゃ」

ミーニャが大興奮。猫獣人みたいだが確かエルフだったよな。顔を見てみるも、うん、耳が尖《とが》っているエルフだ。

口はωの形になっていて、ヨダレを垂らしそうなのはいつも通り。やはり前世は猫か猫獣人だったのだろう。記憶がなくても性質を継いでいるように見える。

「こんな感じで、人数分は釣らないとな」

「うんっ」

「はい。えいえい、おう！」

さてまた釣り糸を垂らして、通常モードへ戻る。また平穏だ。特に何もしない。

竿は常に手で持っているので、内職ができないのが少し残念だ。

とにかくこんな感じで、みんなで釣りをして、そこそこの数の魚が釣れた。

みんなメッシーマスだった。理由はよくわからないが、他の魚は釣れなかった。

餌の種類、というか疑似餌なんだけど、その大きさとか季節とかいろいろあるのかもしれない。


家に帰ってくる。ラニアも一緒に、お昼ご飯としよう。

魚の腹側にナイフを入れて内臓を取ってしまう。

アイテムボックスだから傷んではいないが、内臓が食べられるかよくわからないし寄生虫とかも怖いので、安全を考えて取り除く。異世界は自己責任なので。

よくアユなんかは内臓が一番美味しいという人もいるが。

さて最低限の下ごしらえはこれだけだ。

魚の串焼きといきたいが、魔道コンロはそういうふうにはできていない。

フライパンに並べて塩を振って焼いていく。

じゅわあ。

いい匂いがしてくる。ミーニャが鼻をひくひくさせている。やっぱり前世は猫獣人だろう。

ラニアも目を丸くして、注目してくる。

今日はメッシーマスのハーブ焼きだ。生臭いとイヤなのでハーブ系の香草を少し入れた。野生の香草だがなかなかいい匂いがして、侮れない。味つけはシンプルに塩となっている。

「いただきます」

「「いただきます」」

みんなで並んでメッシーマスを食べる。

「美味しい、これははじめて食べる！」

ミーニャは平常運転だ。みんなも美味しいと言ってくれた。

結局、日曜日の午後は、森探索をしてゴブリンを三匹仕留めた。

あとはサトイモ、ウスベニタケなどを少し確保して探索を終えた。

夜の料理は野草と干し肉多めのレパートリーで先週と同じ感じだろうか。

十一章　魔物対戦。大イノシシ

そうして月曜日。朝ご飯を食べて、ラニアを連れてきてから、ドリドン雑貨店に向かった。

「ドリドンさん、どうですか？」

「あぁ、ジャムは少しだけ残っているがほぼ完売だな。高いが数は多くないから買う人がいればすぐ売れてしまうな」

「そうですか」

「少し残ってるが、精算していくかい？　売れるのは確実だし、今日でも問題ないよ」

「じゃあ、お願いします」

ということでノイチゴと完熟ブドウのジャムを精算する。

　ノイチゴ　二〇個　五〇〇〇ダリル／個　金貨十枚
　ブドウ　一〇個　六〇〇〇ダリル／個　金貨六枚
「えっと両方合わせて金貨十六枚だね」

「ありがとうございます」

へへぇ、と頭を下げて両手で金貨を受け取る。

「じゃあ俺とミーニャで金貨十枚、ラニアに金貨六枚でいいかな？」

「あっ、でも」

「いいのいいの、でははいどうぞ」

ラニアに金貨六枚を渡す。俺たちもずいぶん稼ぐようになったものだ。

もっともジャムは季節もので臨時収入なので、一年中これで生活するというのは難しい。特に冬はジャムにできる果物とかも少ない。あくまでボーナスであってこれは給料に換算しちゃだめだ。

「それじゃあ、ギルド行こうか」

「はい」

「魔石も溜《た》まってきましたものね」

「うん」

いつぞやのスライムとかゴブリンの魔石は未換金のものがいくらかあった。

東門を通ってトライエ市内に入る。

ついこの前までは雑用のアルバイトをするために毎日のように市内を徘徊《はいかい》していたが、あれは今思えば徒労だった。

スラム街の子にさせてくれる仕事なんて非常に安いかキツいかのどっちかと相場が決まっていた。

実質的に子供のお小遣い程度のもので、仕事とすら認識されているか怪しいところがあった。

道を歩いて様子を見ると、そういう子が井戸の近くで洗濯や、荷運びなどの雑用でこき使われているのも何度か目撃する。

もっと単価の高い仕事を斡旋《あっせん》してあげたい気持ちも皆無ではないけど、彼らには彼らの仕事があるし、押しつけがましいのも好みではない。

仕事の斡旋、それも安定しているものとなるとまだまだ俺なんかでは大して思いつかない。

高くて安定した仕事があるなら俺が紹介してほしいくらいだ。


冒険者ギルドに到着する。いつものようにカウベルが鳴る。

なんだか懐かしい感じがするし安心する。そうして受付嬢、まあいつも世話になっているしエルフのお姉さんのところに並ぶ。並ぶといっても昼近くなので二、三人だ。

「はい、お待ちどおさまです。エルフ様」

エルフ様であるミーニャも少しは慣れてきたのか、頷《うなず》いて返事をした。

「魔石の換金を」

「はいっ、すぐ処理いたします」

きびきびと事務処理をしてもらう。こういう事務ってもう少し簡略化とか、ささっとできないのだろうか。お役所仕事も大変だ。

そうして金貨一枚と銀貨を数枚いただいた。

ジャムが金貨なので感覚がおかしくなってしまいそうだが、これくらいなら銀貨が普通だ。

「ご利用、ありがとうございました」

「こちらこそ、ありがとう」

受付嬢のエルフのお姉さんにお礼を言って、横のいつもの売店に向かった。

「さて、今日の本題、防具を買おう。あと欲しければ服」

「やったっ」

「わかりました」

そうして陳列されている防具などを見て回る。


一応、今の服装のおさらい。

俺は雑なシャツと七分丈のズボン。

ミーニャは普通の膝丈のワンピースだ。色は茶色。これが一番安い。

そしてラニアは青と白のワンピースで、お貴族様のおさがりだ。魔法付与物で攻撃魔法アップのエンチャントが掛かっている。ただ防御アップではないので防具としては弱い。

生地からして違うので俺たちの中古の服よりは強い。これはラニアの一張羅なので森へ行くときにはほぼ着ている。

武器もそこそこ高いが、防具もかなりの値段だ。

子供用は小さいぶん安いはずなのだが、実際ところはあまり違いはない。

生地や素材は少なく済むが、手間は全く同じなので、これはしょうがない。

異世界で主流の家内制手工業では加工賃が安くなる理由がない。


「まずはミーニャの服だな」

「にゃっ」

ミーニャが耳の先までピンと伸ばして、顔を赤くした。

「エドが選んでくれるの？」

「え、自分で好きなの選んでいいよ」

「そ、そっか、うん。わかった」

くそ高いドレスとかは最初から買わないだろうから大丈夫だろう。

なぜかある子供服コーナーをじろじろ見ている。数はそれほど多くはないが、それなりのものが揃《そろ》っているようだ。すべて中古服のようで値段も高くはない。

「この辺は貴族様や商人のお子さんのおさがりが多いですね」

店員のお姉さんが説明してくれる。なるほど、そういう流通ルートがあるのね。

「んにゃ、これにする！」

ミーニャが選んだのは薄緑の地に濃い緑のアクセントが入ったワンピースだ。

女の子はほとんどオールシーズン用のワンピースなのである。

色とかは割合いろいろある。そして貧乏人は量産品の茶色一択なので、色がついているだけでも、十分いい服なのだ。

ミーニャがその辺で着替えて見せてくれる。

試着室とかいう便利なものはない。いや、よく見ると向こうの隅のほうにある。本人はまったく気にしていないからいいか。この辺の感覚は当たり前だけど現代人とは全く異なる。

「うんうん、似合ってるよ」

「やったっ」

俺もついでとばかり白いシャツと青いズボンを選んだ。


さて今度こそ防具を買おう。ずっと考えてはいたのだ。

くそ安い布の服だけでは防御力が圧倒的に低い。特に胸などを強打されれば致命傷にもなる。

腕をかすったくらいなら平気だが、胴体や頭は急所だ。防具は欲しい。

靴も安い革靴なのだが、安い革は履き心地が悪い代わりに硬くて防御力自体は高い。

「胸当てだよな、やっぱり」

「うにゃ」

「そうですね」

ミーニャもラニアもまだ胸とは言えないアレなので、俺と同じやつで。

「子供用の胸当て三つください。最低限、実戦的な防御力のあるやつを」

「あ、はい。貴族用の装飾品の多いイミテーションとかでないのですね」

「そそ」

そうなのだ。軽くて装飾品が多いが防御力は低い貴族用がある。バカげていると思うが、世の中はそんなものだ。ちなみに高位貴族は防御力もあって装飾品もあるめちゃくちゃ高い防具をつけている。だいたいそういうのは特注なので中古以外は売ってはいない。

こうしてみんなで胸当てを装備する。

うむ。全体的には革製なのだが薄い鉄板も仕込んであって、軽いわりには強い。

防御力と動きやすさを両方考慮した実戦向きのものだ。これ以外にはもう少し軽い革だけのもの、さっき言ったイミテーションの軽くて装飾品が多いものがあるようだ。実質選択肢はこれしかない。

「じゃあこれください」

「はい、お買い上げありがとうございます」

まあ値段は金貨一枚とちょっとというところだ。まだお財布には若干の余裕もある。

武器と防具を装備した俺たちは、一丁前に成りたて冒険者という感じに見えるようになった。

もうさすがにスラム街のガキンチョには見えない。

ちょっと趣味というか興味本位で盾コーナーを見物する。

「この辺が盾です」

「ありがとう」

売店のお姉さんは今日も笑顔で教えてくれる。この人はかなり好印象だ。

最初から俺たちを客として見てくれたし、接客態度も非常にいい。無駄に硬くもないし的確だ。

ラウンドシールド、カイトシールド、ウッドシールドなどが並んでいる。

その威容は圧巻だけれど、俺が持つには大きいものが多い。

バックラーもある。バックラーは小型の丸盾で全面が金属製だ。ラウンドシールドも丸盾という意味だけど、こっちは木製で縁と中心部分だけ金属で補強してある。

お金は結構ある。ラウンドシールドの中でも一番小さいのは、思ったより安い。

「なあみんな、この小型盾、買ってもいい？」

「え、そりゃあエドが欲しいって思うんなら買えば？」

「はい。私も買っていいと思いますよ」

ということで両者の了解を得たので、買ってしまおう。

ははは、剣と盾を持つ、さながら剣士もしくはナイトの出来上がりだ。

盾と剣を構えてポーズをとる。

「おおぉ、すごいエド、騎士様みたい！　かっこいい」

「エド君、うんうん、かっこいいよ」

なんだか二人がいつもよりお熱で、俺をべた褒めしてくれる。

なんか俺って実はすごいんでは、と錯覚してしまいそうだ。

見てくれただけなのは、もちろん理解している。増長するつもりはない。

「えへへ、まあ、俺ならこんなもんさ」

「きゃっきゃ、エドっ」

「うふふ。エド君ったら」

お店のお姉さんも温かい視線で見守ってくれている。

子供相手にくそ真面目な小言とか言ってこない、いい店員だ。

これでゴブリンの棍棒《こんぼう》を受け止めるくらいはできるだろう。

あとはあまり思いつかないが怖いのはオオカミだろうか。あれを剣だけで受け止めるのは難しい。

やっぱり盾もあると安心感は桁違いだった。

俺が前衛でみんなを毒牙から守る……おぉ、なんかかっこいい。一応、これでも半分は本気だ。

ミーニャとラニアを傷物にするなんて、俺のプライドにかけても許せないからな。

「盾ならファイアボールくらいなら防げますね」

「おおぉ」

「特段、魔法付与などはありませんが、ないよりは防御力は格段に高くなります」

「なるほど」

「ではお買い上げでよろしいですか」

「はいっ、よろしく」

こうして支払いをする。金貨一枚がまた手元から消えていく。

お釣りは貰《もら》ったけど、金貨が減っていくのは泣ける。

「さて、たまには食べてくか？」

「え、いいの？」

「あ、うん」

「ごちそうさまです」

俺たちは売店の反対側へ向かう。クエストカウンターの向こうにはいわゆる酒場がある。

異世界ファンタジーではお馴染《なじ》みだが、今まで利用したことはない。

隅のほうの四角いテーブルを選ぶ。四人席なので対面側にミーニャとラニアが並んで座った。

あ、ここどうやって注文するんだ。

そわそわ見ていたら、ウェイトレスの格好のお姉さんがこちらに向かってくる。

おっぱいが大きい。それを強調するようなメイド服みたいな制服を着ている。頭にはホワイトブリム。うむ、こういうのもなかなか、どうして。コスプレじゃなくて本職なのもポイント高い。

「ご注文はお決まりですか？」

「えっと、あ、んー。何にする？」

「ニワトリの唐揚げ定食！」

「あぁ、じゃあ俺もそれ」

「私もそれにします」

ミーニャ、エッグバードを見てからずっと唐揚げ食べたがっていたもんな。

ニワトリの唐揚げはうちでは食べられないので、買うほかない。

「唐揚げ定食、三つですね。ちょっと待っててね、うふふ」

お姉さんがウィンクして去っていく。その流し目がセクシーでビクッとしてしまう。

「むぅ」

「もぅ」

なぜかミーニャとラニアの視線が俺に突き刺さっていた。

これは何かを非難している目だ。俺、何かしたっけ。

メイドさんを目で追っていたくらいしかしていないと思うが。メイド服だぜメイド服。

それにあのおっぱい。見ないわけないじゃん。

「ぶぅ」

「んっもぅ」

ご機嫌斜めだ。女の子の機嫌なんて、秋の空と同じくらい意味がわからない。


さて少し待ったら唐揚げ定食がメイドさんにより運ばれてきた。

ちなみに当たり前かもしれないが、この世界では唐揚げくらいは普通にある。

俺がこの世界に初めて持ち込んでやる、みたいなことはそれほどない。

「にゃぁ」

「うわぁ」

ミーニャもラニアも目を輝かせて運ばれてくるのを目で追っている。

唐揚げからは湯気が立ち、いい匂いがすでにしている。

他にいる何人かの冒険者もその匂いに釣られて釘付《くぎづ》けになっていた。

「唐揚げ定食、おまちどおさまです」

「はいっ」

ミーニャが元気な声を出して、耳の先までピクンとする。エルフ耳がピクピク動いていた。

メイドさんは二つ持ってきたので、軽く笑顔を浮かべてミーニャとラニアの前に置いていく。

「んっんん」

「いい匂い」

ラニアも匂いを嗅いで、たまらなそうな顔をしていた。

再びメイドさんが来て、俺の分の唐揚げ定食を置く。

「それでは銅貨十五枚になります」

「あ、ああ」

俺はお金を支払う。

参考までに以前の一日の収入は銅貨三枚、いい日で銀貨一枚だった。

銅貨十五枚は千五百円くらいだろうか。一食五百円だと思えば、そこそこ安い。

ここでは冒険者が多いので少しだけ信用されていて、支払いは交換制となっている。

多くの店では客の信用がないので、先払いだったりする。

紹介制などの高級店は後払いだと聞いたことがある。

高い店とは縁もほとんどないがたまに雑用などをくれることがあるので、関わり合いはある。

「ラファリエール様に感謝して、いただきます」

「「いただきまーす」」

ラニアの神様への挨拶のあと、俺とミーニャも続く。みんなで食べ始める。

「うまっ」

「美味《おい》しい」

「ああ、ジューシーで旨味《うまみ》があって、美味しいな」

中レベルのパンと唐揚げが六個、お皿にのっている。

唐揚げの皿の隅にはふかしたジャガイモが切って添えてあった。

唐揚げ一個は一口で食べきれないくらいの大きさで結構ボリュームがある。

「うま、うまっ」

バクバク食う二人を見ながら、俺もアツアツの唐揚げにかぶりつく。

中から旨味が染み出してくるみたいで、すごく美味しい。

調味料は塩だけど肉を出汁《だし》か何かに漬け込んであったようだ。なるほど、参考になる。

外食とか記憶がある限りでは初めてだ。スラム街に越してきてから、こういう店で食べたことはない。母親のトマリアの作る料理はそこそこ美味しかったので、不満もなかった。

その母がいなくなって、俺たちは豆ひとすじだったのだが……。

たまにパンもちぎって口に入れる。味が濃い唐揚げと、薄味のパンを交互に食べると非常にうまい。パンはほんのり甘い気がするので、塩味と甘味でちょうどいい感じになっている。

外食も素晴らしいな。

ただしスラム街育ちにはどの店に行ったらいいか、全然わからないということはある。

「うみゅ」

「お腹いっぱい、です」

「ああ、けっこう食ったな」

ミーニャのお腹が膨らんでいる。かわいい。イカ腹みたいで一部の人には好評そうだ。

ぽんぽこぽんで、お腹をさわさわとさすっていた。いっぱい食べて大きくなあれ。

まぁ小さいのもかわいいから好きなんだけどね。


冒険者ギルドを出る。食休みだ。噴水があるので、少しここで休憩していこう。

「噴水の前のベンチで休憩しよう」

「いいよ」

「うん」

ベンチがあるのもさすが都会だ。外のスラム街、ラニエルダではそうはいかない。だいたい家の外にベンチなんて置いておいたら持ってかれてしまうだろう。それで売られてしまう。

ハトだろうか。異世界の鳥なので自信はないがハトっぽい鳥が数羽、噴水のところで水を飲んでいた。鳥も食べるだけでなく、水飲んだり、水浴びしたりするんだよな。

「ハトも美味しいかな」

「あ、ああ、それなりに美味しいんじゃないかな」

「へぇ、ごくり」

ごくりっていった。あれだけ唐揚げ食べて、まだハトの唐揚げ食べたいですかね。

食べ比べはしてみたいものの、ハトはどうですかね。

子供が数人、噴水の近くで走り回って遊んでいる。

人族の女の子が一人、猫獣人の姉妹だろう二人。

年齢からすると俺たちと同じくらいか。どの子もなかなかかわいい。

服装は色のついたワンピースなので街の子だろうとは思う。中流階級くらいに見える。

俺たちの冒険者風の格好に一瞬、興味を持ったようだが、すぐに興味をなくして向こうのほうで追いかけっこをしている。すぐ触ってタッチ、鬼が交代してまたタッチ。

足が速い子とかいると一方的になるが三人はなかなか拮抗《きっこう》していて、いい感じだ。

「こうしてると平和だな」

「そーだね」

「はい」

俺たちは街にいるなら平和だけど、森へ行くとなると途端に戦場になる。

ゴブリンや他の魔物と戦わなければならない。

それが今、収入を増やす手段として機能しているので、戦わないわけにはいかないのだ。

魔石の収入はぼちぼちだが、ないよりはましだろう。毎日ゴブリンの魔石を取るだけでも生活はなんとかなりそうだ。ただし森にはゴブリン以外も出没することがある。

見張り山周辺には一角ウサギもいるし。そして、さらに強い魔物も稀《まれ》ではあるがいるのだ。

だから防具を買った。ポーションもある。なるべくできる対策はしておきたい。


休憩もしたし街から出る。城門を通ってそのまま森へ向かう。いつものお祈りをしてもらって、準備はＯＫ。森探索だ。さっそくウスベニタケを一つ発見。

この森には結構このキノコが生えているようで、見つけやすい気がする。

「そういえばウスベニタケは食べてしまってるけど」

「あっ」

美味しいから気にしていなかった。

「そうそう、冒険者ギルドに持ち込むといくらかなって」

「そうだよね！」

ミーニャも今気がついたという顔をしている。比較的発見しやすいから安いかというと、ムラサキキノコは高いらしいという話を以前したと思う。あれの再来を期待だ。

「もしかしたらウスベニタケも高いかもしれないね」

「うん」

体をクネクネして嫌がるミーニャ。

「ふふっ」

それを見てちょっと笑顔なラニア。うむ、どうしようか。

「また冒険者ギルドへ行くのは面倒だしな、うん」

「そうだよ、うん。食べてしまおう」

「ふふっ」

ミーニャは食べる派らしい。ラニアはまだ笑ってる。

「なんだかちょっと今日は森の雰囲気が違うね」

「えっ、あぁ、うん」

「そうですね、心配です」

いつもなら鳥の鳴き声とかはしている。まったくの無音になったりはしない。

今日は妙に静かだ。そうして歩くこと十分くらい。

「ぶぅぶぅ、ぶぶぶぅ」

「おっ、おう」

「イノシシ……ですね、でかいです」

「はい、大きいですね」

俺たちの目の前には大イノシシがお出ましだった。

「森の主、ではないけど」

「ゴブリンの比じゃないほど強いですね」

はい鑑定。

【(名前無し)
5歳　オス　A型　メルリアイノシシ　Cランク
HP458／458　MP98／98
健康状態：A（普通)】

ステータス的には脳筋らしいが、Cランクか、Cランク。

今まで最強かもしれない。メルンさんとギードさんならBランクだけれども。

さてどうしたものか。少し後ずさって下がってみるが……。絶妙な距離をあけて近づいてくる。

向こうもなかなか慎重だ。そして俺たちを明確に敵と認識している。

「エドぉ、お肉だよね」

「まあな、負けたら俺たちがお肉になりそうだけど」

「大丈夫、私のエドなら勝てるよ」

「そっ、そうか？」

「うん」

よくわからないがミーニャに信用されてるらしい。ラニアのほうを見ると呆《あき》れているかと思ったら、笑っている。余裕というか、こちらも俺を信用しているらしい。

「そっか、じゃあ、やってみるか」

「うん」

「はい」

そうして俺たちは剣をしっかり構える。彼女たちは杖《つえ》だ。

こういうときのために防具を強化したが、さっそく役立つことになるとは。

「うぉおおおおおおお」

俺は注目を集めるように声を上げつつ、突進する。

「ぶぅぶぅうう」

向こうも対抗してくる。イノシシの牙と俺の剣が交差する。

「ぶぅぶぅ」

あっさりと牙で剣ははじかれ、失敗に終わった。ミーニャが杖で加勢してくれるが、ぶぅぶぅの威圧に負けてしまう。再び俺が剣で攻撃するがかすり傷を与えただけだった。

「ぶぅぶうう」

俺は牙の攻撃をもろに受けてはじき飛ばされる。

「うぉおおお」

しかし幸いにも胸のブレストプレートに命中したため、牙が突き刺さることもなく、軽傷で済んだ。

「あっぷねぇ」

「精霊と妖精たちよ、我の声を聞き届けたまえ、燃え盛る炎よ——ファイア」

ラニアの本気詠唱の入ったファイアが飛んでいく。

「ぶぅぶうううううう」

火の玉がイノシシに命中、炎で焼かれていく。これはさすがにたまらないだろう。

まだぎりぎり生きているように見える。炎が収まった頃合いで俺が接近、剣で思い切り突いた。

「ぶぅぅうぅううう」

剣が深々と突き刺さった。さすがに血が出る。

「うぉおおおおおおお」

俺がさらに突き刺すと、ついにイノシシは息絶えた。

バターン。

大きな音がして倒れていく。

「ふぅ、終わった……」

「お肉、やったエド。お肉ゲットだにゃ！」

「イノシシ、強かったです」

ゴブリンよりもかなり強かった。これが群れで出てきたらひとたまりもなかった。

イノシシは収納して持って帰る。

「よし、今日の探索はここまでにしよう」

「うん」

「はい」

ぼちぼちの収穫で森を出る。帰りには幸い、エンカウントしなかった。


そしてドリドン雑貨店に到着した。ここはスラム街の入り口なので、ついでに寄る。

「どうした。帰りにしては早いな」

「ああ、ちょっとイノシシと遭遇してな、倒してきた」

「持ってきてるか？　それとも放置してきた？」

「いや、マジックバッグに入ってる」

アイテムボックスのスキルは秘密なのでマジックバッグという道具ということで。

さすがにアイテムボックスだとは思わないだろう、たぶん。

「そうか、うちで引き取ってもな。すまん、ギルドへ行ってくれ」

「またかよ。でもそうだと思ってたから大丈夫」

「まあな、デカいの解体できるほど余裕はない」

「そうだよね。んじゃあ、行ってくる、ありがとう」

「ああ、いってらっしゃい」

ドリドンさんと手を振って別れる。しょうがない冒険者ギルドへ行こう。

そそくさと城門を入り、街の大通りを通って冒険者ギルドへ向かう。

俺たち自身は大イノシシを倒して凱旋《がいせん》パレードのような気分だったけど、周りはただ眺めてくるだけだ。しっかり装備を固めた子供は珍しいからな。

もちろん貴族や商人の子供が冒険者ごっこで本格的にやってることも皆無ではない。

そういう人が多いので、たぶん関わらないようにしているのだろう。

下手に手を出して問題になると、親の首も怪しい。


いつものように冒険者ギルドへ到着。ドアを開けるとカウベルが鳴る。

夕方にはまだ早い時間なので、クエストカウンターは暇そうだ。

「こんにちは、エルフのお姉さん」

「あっ、こんにちは。ようこそ、エルフ様」

ささっと姿勢を正して頭をミーニャに対して下げる。

「あの、大イノシシを倒したんだけど、森で」

「あなたたちが？　でもエルフ様もいるし、装備はけっこう強そうですものね。わかりましたわ」

「えっと？」

「裏の解体場へどうぞ」

「あ、はい」

俺たちはお姉さんの後に続く。そうしてギルド裏のモンスター解体場に到着した。

正確にはモンスターだけでなく動物もやってくれる。

そしてイノシシはというと動物に近いが分類上はモンスターらしい。

「なに、この坊主たちが大イノシシを倒してきただとぉ」

「え、はい、そうらしいです」

「装備はいいもの持ってるが、でブツはどこだ？　マジックバッグか？」

「はい。どこへ出したらいいですか」

「こっちだ」

正確にはマジックバッグではなくアイテムボックスだけど、これは偽装にちょうどいいので勘違いはそのままにしておく。低くて大きい作業台に案内された。

「それじゃあ出します」

「おぉ」

大イノシシを取り出す。

「うぉおお、なんだこれ」

「デカいですね。親方」

「これをこの子たちがか。にわかには信じられねぇな」

作業員たちも目を丸くしていた。

「じゃあ、お願いしていいですか？」

「ああ、いいよ」

そうして、みるみるイノシシにナイフが入れられ解体されていく。内臓、これは捨てられる。俺からしたらもったいないと思うんだけど、この世界の慣習ではそうらしい。以前ウサギを解体したときもそうだった。肉、骨、皮、と分解が進む。そして胸の中央にナイフを入れた。

「これが魔石だ」

「でかいっすねぇ」

「おぉ、こんなの最近あんまり見たことないっすね」

かなり大きな魔石だった。

「普段は西の森のオオカミとかが多いですから、これよりはだいぶ小型です」

「なるほど」

エルフのお姉さんが教えてくれる。

「ヌシほどではないですが、群れのボスクラスですね」

「やっぱりそうか」

いやはや、本当、群れになっていなくてよかった。ボスクラスであってボスではないということだろう、たぶん。新鮮なお肉が次々切り分けられていく。

「そうだった。お肉、いくぶんか家で食べたいので、取り分けてくれますか？」

「もちろん。わかりやしたぜ、坊ちゃん」

「坊ちゃんはやめてください」

「そうかそうか」

「えっと、スラム街のエドです」

「スラム街在住なのか？　その装備で？　まぁいろいろあるか。わかった、エドなエド」

「はい」

ミーニャはお肉に興味津々だ。唐揚げにはあまりしないかもしれない。豚肉みたいな感じだから、生姜《しょうが》焼きとかがいいだろうか。薄切り肉の焼いたものとかもいいと思う。あとはぶたしゃぶとかも。

ラニアは解体作業自体に興味があるようで、ずっと観察していた。なかなかの集中力だ。


なんだか見ているうちに終了した。

「はい、解体終わったぜ」

「ありがとうございます」

「では精算いたしますね。お肉のうち二割をエド様へ、魔石を含め残りはギルドで引き取りでよろしいですか？」

「はい」

「では解体費用を引きまして、金貨十五枚になります。こちらもよろしいですか？」

「いいです」

「では、お肉をそこで貰《もら》ってから、受付カウンターで金貨を渡しますね」

「はい」

ということでお肉を貰い、ギルドフロアに戻って金貨を受け取った。なかなかの収入になった。

ジャムとかの変化球以外で、こうして冒険者稼業で大金を儲《もう》けたのは初めてのはずだ。

「じゃあいつもの、分け前金、ラニアに金貨五枚でーす」

「あっあっ、ありがとうございます、エド君」

「そりゃあね。はい。あれだけのファイア見たことないよ」

「えへへ、ありがとう」

ラニアに金貨をそっと渡す。

「うふふ、あはは」

ラニアがギルドから出ると笑いだす。

「どうしたラニア、壊れちゃった？」

「違いまーす。私、すごく、すごく怖かったんです。でもみんなで協力して攻撃して、強い敵にも勝てたんです。それからギルドの人が信じられないって顔しているのを見て、私も信じられないくらい強いんだなって」

「そ、そうか」

「エド君も強くて、私、うれしいです」

ラニアが抱き着いてくる。

「にゃぁ」

それを見てミーニャもよくわかっていない顔のまま抱き着いてくる。二人がくっついてくると温かい。春はもう寒くはないけれど、こういう温かさは骨に染みる。そして、俺の心にも。

俺を中心にして左にラニア、右にミーニャと手をつないで帰っている。

二人ともかなりご機嫌だ。

「ん～るるる～らるる～れっららら～♪」

二人で俺の知らない曲をハミングなんてしちゃっているのだ。俺の知らないことがあって少しショックだ。女の子だけの秘密なのだろうか。謎だ。

今日の晩ご飯はイノシシ肉の生姜焼きにしよう。ショウガは野草だったものがある。


ラニエルダのスラム街。最初は豆しか食べられない貧乏生活だった。

なんとか野草を食べることで少しずつ改善して、森へ行き、ブドウジャムとイチゴジャムなんかを売って稼ぎ、剣と杖を買って、防具を買って、ゴブリンやウサギを倒して。

ついに大イノシシを倒せるまでになった。

それでも主食は今でも豆だったりする。野草と野生の野菜、干し肉を使った料理が中心だ。

徐々にいろいろなものが食べられるようになってきた。

この前は卵をゲットした。いま卵は二つストック中だ。今度はオムレツに挑戦したい。

俺たちの冒険、食生活の向上はまだ始まったばかりだ。

まだまだ貧乏暮らしとの戦いは続いていく。

十二章　地区間闘争。エドのうんち一週間戦争

火曜日。だったよな、うん。毎日カウントしているがわからなくなりそうだ。

日曜日になればパンが出るからわかるんだけど、数えるのは結構面倒だ。

一昨日、日曜日だったはず。

朝からなんでそんなことを考えているかというと、今日は俺の体調不良のため臨時休業となることが先ほど決まった。

みんなで朝食を食べたのだけど、その後からだから朝ご飯が原因かもしれない。

俺以外は今のところ健康そうでよかった。それだとご飯は関係ないかもしれない。

腹が痛い。下痢ではないのが幸いだが、なぜだか腹が痛い。

「というわけで、腹が痛い」

「むにゃぁ」

ミーニャが残念そうに鳴く。別に拾い食いとかはしていないのだが、なぜなんだ。

「癒《いや》しの光を――ヒール」

ミーニャもヒールが使えるようになったので、一応使ってもらったが、一時的にはよくなるものの、またぶり返してきた。

「やっぱり、ダメだった」

「そっかぁ」

ミーニャも残念そうにする。かといって、ずっとミーニャに見てもらっていても、何もすることがない。逆に風邪の類《たぐい》であれば、感染してしまう可能性もある。

「風邪かもしれないし、ミーニャは外で遊んでくるように」

「そんなっ、エドっ」

「まぁそんなしょんぼりしないの。ラニアを連れてラニエルダの警備でもしてきたらどうかな」

「うっ、うん。わかった。エドがそう言うならそうする」

お、意外にも素直に俺の言うことを聞いた。

以前なら絶対に離れないとか言いそうだったのに、どういう風の吹き回しなのだろうか。

「じゃあね、エド、ちょっと行ってくる」

「行ってらっしゃい、ごほごほ」

「大丈夫？」

「大丈夫、腹が痛いだけだ。ほら」

「うん、行ってきます」

何度も後ろを振り返りつつミーニャが家を出ていく。

ミーニャの父親、ギードさんは感染予防のため、籠《かご》作りをしているお隣さんの家に避難している。

ミーニャの母親のメルンさんは、俺のすぐ横の台所でお湯を沸かしている。

お湯に何やら知らない薬草を入れていた。少ししたらそれを持ってきてくれるそうだ。

「はい、胃腸薬。何か黙って食べたかしら？」

「うんにゃ、何も」

「そうよねぇ。盲腸じゃなければいいんだけど」

「さすがに盲腸じゃないと思うよ。あれは死ぬほど苦しいって聞くし」

「そうらしいわねぇ、なんでしょうね」

「さあ」

とにかく薬草茶を貰《もら》った。普通のお茶とか持ってないのに、こういうのは持っているという。

なかなか薬師だか治療師としてちゃんとしている。

ヒール系統も使うし、こうして薬が有効な場合は薬も使うのだろう。


薬草茶を飲んだら、ぽかぽかしてきていつの間にか眠ってしまった。起きたら近くにメルンさんがいる。

そしてミーニャが帰ってきていた。ガン泣きしている。え、なんで泣いてんの。

近くにはラニアもいるが、こっちは、うっ、はっきり怒ってる。

「ひくっ、ひくっ、ひくっ」

もうワンワン泣き終わったのか、今はヒクヒクしていた。

目は赤くなっていて、涙が流れた跡が少し痛々しい。

「ミーニャ、どうした？　俺は生きてるぞ」

「うん。違うの……エドは悪くないよ。そうじゃなくて、あいつらが、あいつら……」

ミーニャが口が悪いのは珍しい。

「あいつらがどうしたの？」

「ううん……」

俺が優しく問いかけると、ミーニャが言いよどむ。こういう感じも珍しい。

いつももっと何も考えていないような雰囲気なのに、本来はそこまで能天気ではないのだ。

あの能天気は俺を心配させないように、半分はわざとそう振る舞っている可能性がある。

俺のことを思ってそうしているのだ。

「怒らないから、教えてほしいな」

「あのね、あのね、エドと私のこと『エドのうんち』ってバカにしたの」

あーね。『エドのうんち』そう来たか。

「どこのどいつだ」

「知らない子。たぶんスラム街の北側の子」

「あぁ、誰かはわからんが、なんとなく理解した」

このラニエルダ、実は俺たちがいるのは東地区になる。そしてラニエルダは北門前まで広がっている。住民はそれぞれ普段使う近いほうの門の地区に、なかば所属しているのだ。

北東の中間付近は緩衝地帯なのか、まだ家が建っていない。

北門前にはミランダ雑貨店がある。東門にはドリドン雑貨店というふうに生活圏自体が異なる。

要するに東地区と北地区はいつも仲が悪い。

その北地区のガキどもにも、俺たちは比較的有名なので名前と顔くらいは知られている。

そして普段俺、エドの後ろを歩いているミーニャ、それから俺自身を含めて『エドのうんち』と言ったわけだ。

この言い方はミーニャが俺の後ろを歩くようになってすぐに誰かに命名されて、ミーニャは大層、嫌いな表現だった。

日本にもよく似た表現がある。あれあれ、「金魚の糞《ふん》」だ。こっちの世界では金魚を飼っている人が少ないので、ピンとこないだろうけど、言いたいことはおおむね同じだ。

そりゃ怒るわ。でもミーニャは怒ってないで泣いている。

「エドがバカにされたんだもん。悲しいよ。今、苦しんでるのに」

あぁ、俺が弱ってるからか。

「ちなみにバカにしたやつらは、どうなった？」

「ラニアが『ファイアボールぶつけんぞ』って杖《つえ》を振り回して追い払った」

マジでファイアボールなんてぶつけたら死んじゃうから、本気ではないのだろうが。

その気持ちは本物なのだろう。怖い怖い。

『エド君が殴り返さないなら、ハリスが謝るまで私が代わりに殴り続けてやる』

以前、ラニアが怒ったときの台詞《せりふ》がこれだ。いくらか前にも話題になったはず。

殴るくらいならまだいいが、ファイアボールは危険すぎる。

ラニアも美少女なのだが怒らせると怖いので、同年代は少し遠巻きに接している。

「ほら、ミーニャ、俺は大丈夫だから、こっちおいで」

「うん」

ミーニャをよしよしする。頭を撫《な》でる。

こうすると少し落ち着く。それからギュッと抱きしめる。

ミーニャが頭をこすりつけてくる。ラニアも一緒になって、そっと寄り添ってくれた。

なんだかまぁガキンチョのすることだから目くじら立てても仕方がないのかもしれないけどね。

そもそもミーニャはラニエルダのお子様、とくに女子からの支持が高い。ミーニャのサラサラ金髪のロングヘアはあこがれの的だ。男子からもまんざらではない。

そんでもって、そんなミーニャを好きな男の子は多い。

なのに俺というコブがついているので、面白くなくて注目を浴びたいので、からかおうと。

そこで『エドのうんち』発言である。

以前は俺が追い払ったり、本気でミーニャが怒ったりしたので、東地区の子はとっくに学習したんだけど。そうか、北地区の子たちはまだ思い知っていないんだな。

まぁあれだよね、俺を批判しようという意図なんだろうけど、ミーニャには逆効果だよね。

俺という他人を下げても自分の評判は上昇しない。相対評価じゃないからね。この発言で彼らへのミーニャからの好感度が上がることはないということだ。理解してくれるといいんだけど。

俺の腹が痛いのもだいぶ治まってきた。

ラニアもいるので、お昼はしし鍋といたしましょう。この前の大イノシシだ。生姜焼《しょうが や》きも大好評いただいたのだけど、今日は珍しく鍋にする。

大きめの鍋に秘蔵のキノコちゃん、各種野菜、そしてイノシシの肉を投入する。味は塩がベースだけれど、キノコや野菜の旨味が出る。ぐつぐつ煮込み始めると、いい匂いが漂ってくる。

イノシシ肉は可能な限り薄切りにして、柔らかく食べられるようにしている。

「いい匂い、エドぉ」

「ええ、美味《おい》しそうね」

ミーニャもラニアも機嫌をだいぶ直してくれた。今は鍋に興味津々だった。

「お肉と野菜がこんなに……」

「あぁ、イルク豆のご飯とはだいぶ違うな」

「エド君の家のご飯はこんなに立派になって」

さてだいぶ煮込んだし、そろそろいいかな。

鍋を火からおろして床に置く。この家はテーブルがないので床で食べる。狭いのでテーブルなんて置いてられない。

「「「いただきます」」」

みんなで簡易的な挨拶をして、鍋を取り分ける。

「このスープ、具だくさんで美味しそう、にゃ」

「そうですね」

「これはスープだけど、鍋っていうんだ。鍋のまま食べるから」

「へぇ」

うん。鍋の一品しかないが我慢してもらおう。

「美味しいぃ」

「あつ、あつ、美味しいです」

みんなには好評だ。俺は病み上がりなので少なめだけど、美味しいものは美味しかった。


午後、俺たち三人でラニエルダを巡回することになった。

午前中の例のアレのせいで子供たちがまだなんだか騒がしい。家の中まで声が聞こえてくる。

「「行ってきます」」

「気をつけてねえ」

メルンさんに見送られて外に出る。俺たちは完全装備だ。舐《な》められたらボコられるので剣も装備している。子供相手では明らかに過剰戦力だけど、他にないからしかたがない。

外に出ると子供が走り回っているのが見える。あれは東地区の子だ。

「おうぉおりゃああ」

手にはご丁寧に木の枝を装備して何かを叫んでいる。

後をついていってみると北と東の緩衝地帯の空き地の平原に出た。何やらすでに近所の小さい子供たちがみんな集まっている。手にはみんな木の棒などを握りしめている。

「うううううぅうう」

「うわあああああ」

お互いが牽制《けんせい》しあっていてまだ戦闘にはなっていない。

まったく異世界の子供たちは血気盛んなんだから。ほんと困るわぁ。

「エドのうんちが来たぞ」

「エド、てめぇ、ラニアとミーニャを返せ！　独り占めするな」

「「そうだそうだ」」

北の子から俺への非難が始まる。そういえば、そういう話だったな。

俺が美少女ワンツーのミーニャとラニアを独占しているから面白くないという。

「このやろう、お前なんか『エドのうんち』だかんな」

「「そうだ、そうだ」」

もちろん俺は何も言わない。反論のしようもないし場を引っ掻《か》き回してもしょうがない。

「私もラニアちゃんも好きでエドと一緒にいるんだよ。エドに連れまわされてるわけじゃないわ」

「そうですね」

ミーニャの主張にさらっとラニアも同意して北の子たちを睨《にら》む。

ラニアが厳しい視線を向けると、さすがの北の子も怯《ひる》んだ。

「くっ、ラニア、お前らは騙《だま》されてるんだよ。エドは黒髪黒眼の忌み子じゃんか」

「ふっ、まだ魔素占いなんか信じてるの？　お子様」

「ぐぬぬぬ」

ラニアは辛辣《しんらつ》だ。魔素占いを大人は全然信じていないことは、子供たちも一応認識している。

しかし子供たちの中ではいまだに絶対的な存在なのだ。

「ラニア、ミーニャ、俺たちと一緒に行こう」

「なんで生意気な北の子と遊ばなきゃならないのよ」

「く、くそっ」

さっきから右から三番目の子が必死に説得しようとしている。どう見ても逆効果だが、彼の中ではそうなってるのだ。周りの子は少し引き気味だけど、今更引くに引けないようだった。

でも、でもですよ。三番目の子は顔なんて真っ赤なのだ。

怒ってるとかじゃなくてその視線はラニアとミーニャに釘付《くぎづ》けですよ。わかりやすいよな。

ひゃひゃひゃひゃ。

べた惚《ぼ》れなのだろう。そう思ってみると子供たちはなんというか、微笑《ほほえ》ましい。

まだ幼くてその感情の向け方が下手クソではあるが、あれは愛なんだなぁ。

にやにやにや。

「くぉ、エド、なんだよ。その顔」

「なんだよって、だってさぁ」

俺が余裕でニコニコしてるから気持ち悪いのだろう。

「エド、お腹は大丈夫？」

「ああ、大丈夫だミーニャ。ありがとう」

「うにゃぁ」

ミーニャが心配してくれる。お礼を言うとミーニャが相好を崩す。

「くそぉ、くそぉくそぉくそぉ」

当然、俺を見て笑顔になるミーニャを見れば俺に対する好意ははっきりわかる。

めちゃくちゃ悔しそうな顔をする三番目の子。

「んっ。みんな、戦闘しちゃだめです。ファイアボールくらいたいですか」

ラニアが睨みを利かせて杖を斜め前方に掲げる。かなりの威圧感だ。

魔石が付いていていかにも高そうな杖だ。当たり前だが威力は高い。

「くそおおおお、解散だ。撤収、撤収」

「あぁ」

「そっか、あ、うん」

北の子たちがみんなぞろぞろと引き上げていく。

残された東の子たちはぽかんと突っ立ってそれを見ていた。

「なんなんだ、あれ」

ガキ大将のハリスが呆然《ぼうぜん》と呟《つぶや》いた。一応、いたらしい。わかるよ。

子供心に恋に怒り狂って、明らかにおかしかったもんなあれ。

「ハリス、どうだ？　ハーブティーは」

「あぁ、儲《もう》かってる、儲かってる。以前と比べりゃずっとマシな生活してるよ」

「そりゃよかった」

俺はまだハリスから資金を回収していないが、まあいいんだ。

口約束だったしな。大した金額でもないから別にいい。今度払ってくれればそれで。

「なんていうか、エド。その、サンキューな」

「いや、いいよ。それより今回の件。俺が原因らしくてすまん」

「いいって。ラニアちゃんとミーニャちゃんを守るんだって、みんなが」

「そうか。ありがとう」

儲かってるようで安心した。


水曜日。なんやかんや火曜日は丸々おやすみとなった。今日も起きる。

「ミーニャ、おはよう」

「むにゃぁ、エドぉ、おはよう。すきぃ」

相変わらずべたべたしてくるミーニャだけど、これはこれでかわいい。

「どう、エド調子は？」

「ああ、今日は調子いいよ」

「よかったぁ」

ミーニャが笑顔で答えてくれる。まったく。かわいいやつめ、うりうり。

野草と少しの干し肉を使った朝食をいつものように食べる。まだ主食はイルク豆だ。

イルク豆を美味しいと思ったことはなかったのだけど、不味《まず》いわけではない。

ただ食べ飽きているというだけで。絶対評価でいえば少し美味しいくらいだろう。

日本のお米は主食でも美味しかったが、そのへんの違いはよくわからない。好みの問題かもしれない。メルンさんとギードさんは豆だけの生活でもそれほど不満ではなかったようだし。

この世界ではこれが普通なのかもな。でもドリドンのおっちゃんが「豆だけなんて」って言っていたからミーニャのご両親のほうが変わっているのかも。

パンが主食だと今更言われても、いまいち変な感じしかしないし。

金貨はまだ何枚か余裕がある。何か欲しいものがあれば買ってもいい。そして食材も高くなければ、そういえば買ってもいいんだよな。採取しないといけないような気がしていたが、そうだよな、買えばいいんだ。現にオリーブオイルと小麦粉は買ってある。

「じゃあミーニャ。今日はちょっと川へ行こう」

「え、あ、うん」

買えばいいと言いつつ、舌の根も乾かぬうちに採取へと向かう。それが俺クオリティー。採れるものは採る。

外に出てみると、朝からガキンチョたちが騒いでいる。例の『エドのうんち』騒動がまだ終わっていないのだ。遠巻きに眺めてみたのだけど、北地区の子と東地区の子が木の枝を使って、チャンバラごっこのような戦いをしていたのだ。

この前は仲裁に入って全面戦争は回避されたんだけど、まだ少人数での小競り合いが続いているらしい。怪我《けが》をしない程度に頑張ってくれ。当人であるはずの俺たちそっちのけでよくやるよ。

ラニアを連れてきて、川へ向かった。

「さて今日はですね。ちょっと水に入って。ほら、石に緑の草みたいなのが生えているでしょ」

「うんっ」

「はい」

二人ともいい返事だ。

「それをこう手で採って壺《つぼ》に入れていくんだ。これが海苔《のり》。川海苔だよ」

「なるほどぉ」

「これも食べられるんですね」

「うん」

【カワノリ　植物　食用可】

川の流れは比較的穏やかで水は透明度が高いため、川底の石には海苔がびっしり生えている。特にこの辺の浅瀬は絶好の採取ポイントとなっていて、採り放題だ。

「えいしょ、えいしょ」

水が少し冷たいが暖かい気候なので気持ちがいい。海苔を採っては壺に入れていく。二人も同じように見様見真似《みようみまね》でやってくれる。一人だったらすぐ飽きそうだ。

「ちょっと食べてみ？」

「生でもいいの？」

「あっ、えっと、たぶん大丈夫」

「うん」

海苔を一口だけ食べてみる。

「うわぁ、なにこれなんだろう、いい風味がする」

「それそれ、それが海苔の風味。結構美味しいだろ」

「うんっ」

こうして海苔を採って歩く。さてそこそこ採れた。

そそくさと外のガキンチョにバレないうちに家に戻ってくる。


なんで俺たちがこそこそしなけりゃならんのだ。

そうしてどこからか持ってきた木の板を取り出す。これは森でいつだか密《ひそ》かに持ち帰った倒木を割ったものだ。

「こうして並べて、板海苔にするんだ」

「へぇ、面白いね」

「だろ」

やっぱり板海苔も捨てがたい。そして半分は壺のまま取っておき、そちらは生海苔として使う。アイテムボックスへ放り込んでおけば関係ないけど、生海苔は長く持たない。

お昼ご飯を挟んで適当に過ごす。俺は空き時間があれば剣の素振りやスプーン製作があるので、暇でしょうがないという時間がない。むしろやろうと思えば無限に仕事がある。

忙しいなぁ、いやぁ、忙しいなぁ。


そうしてこうして夕方になった。今日のご飯の支度の時間だ。

「まずは海苔のスープだね」

「ふーん」

普通に野菜のスープに少しだけアクセントの干し肉を入れてひと煮立ちさせる。

そして海苔を入れる。

「わあぁあ、緑！　緑になった」

黒っぽい深緑だった海苔が、一瞬で薄い明るい緑に変色していく。

「そそ、これが海苔の特徴というか、面白いところ」

「ふぅうん」

さて鍋を火からおろして横に置く。

「今晩は、サイコロステーキにしようと思います」

「おぉおぉ、ステーキって？」

「えっと、ミーニャはお肉の塊を焼いて食べたりしたことは」

「ない！」

「よね、うん」

ワイルドボア、通称大イノシシのお肉の塊を出す。

「お肉の塊大きい！」

「だな、これはいいところの部位を貰ってきた」

貰ったといっても有料だけども。

それをミスリルのナイフでカットしていく。食事中に全員でナイフで切り分けると面倒なので、先にサイコロステーキにしてしまう。一口大のお肉になった。

「これを焼いていくんだ」

「へぇ」

フライパンにお肉を入れて塩と山椒《さんしょう》をかけて焼いていく。

じゅわあああ。

「「ん（ごくり）」」

ミーニャはいつものように口からヨダレが垂れそうになっている。

ラニアもさすがに今回は、今にも食べたそうな顔になっていた。

お肉を焼いていく。六面、生のところがないように。火はちゃんと通すけれど、焼きすぎないように気をつける。魔道コンロを強火にして表面はちょっとカリッとする手前くらいまで焼いて、中はまだジューシーな感じになってる状態を見極めて火からおろす。

「はいできた」

「ラファリエール様に感謝して、いただきます」

「「いただきまーす」」

ラニアがいるので神様に挨拶して食べ始める。

「うわ、ステーキ美味しい。お肉美味しいのお肉！」

「本当、これが本当のお肉なのね」

薄焼きも美味しいのだけど、サイコロステーキはその厚みで食べ応えが半端ではない。いかにもお肉を食べていますという感じで、しかも中はまだ柔らかくてジューシーでとても美味しい。

「わっわっ、このスープも海苔のいい匂い！　好きっ」

「そうですね。私もこの匂いはいいと思います」

イノシシのサイコロステーキも海苔のスープも大好評だった。

板海苔はなんとか完成している。でも海苔といえば醤油《しょうゆ》も本当なら欲しいんだよね。ないものはしかたがない。板海苔は保存食として隅のほうに保管しておいた。

木曜日。また河川敷に行ってミーニャとラニアでノイチゴを採取した。

「イチゴ、イチゴ、イチゴ。イチゴジャムを食べると、おいち♪」

なにやらミーニャが歌っている。

イチゴジャムをパンに塗って食べると美味しいという歌らしい。今日もご機嫌だ。

「んっ。やっぱり甘くて美味しい」

たまにつまみ食いもしている。減るもんではないしこれは別に問題ない。ジャムの量は少し減ってしまうかもしれないけど、それは金額として自分たちに返ってくる。別にそこまで必死ではないので、いいんだ。それに美味しそうな顔をするミーニャはかわいい。プライスレス。

河川敷ではノイチゴの木を探すのが手間だけれど、特に改善策も思いつかない。

これはしょうがない。

「エドぉ、木の枝見つけたよぉ」

「おう」

河川敷なので上流から流れてきた加工によさそうな木の枝が落ちている。そうするとこうして声をかけてもらって回収する。アイテムボックスがパンパンにならない程度に木の枝を拾う。中には村の建物の残骸だったのか、板になっているものもあった。板は他の用途に便利なのでありがたく回収する。

「よし、いっぱい採れたし戻ろうか」

「はーい」

「はーいです」

少し離れた場所からミーニャとラニアの声が返ってくる。

三人連れ添って家に戻る。いつものように野草のお昼ご飯を挟んだ後。

「では始めます」

「（ごくん）」

「は、はいっ」

ミーニャは無言で喉を鳴らした。ラニアは手伝ってくれるのだろうか、返事をしてくれる。

鍋にイチゴを投入して煮詰めていく。午前中採ったイチゴのジャム作りだった。

「すごくいーにおいする！」

「いい匂いですね」

イチゴの匂いはもう、たまらない。あの匂いが家じゅうに漂う。メルンさんとギードさんもいるが匂いを嗅いでうれしそうにしていた。あとエッグバード。いつもより落ち着かないのか、首をくるくる回したりする。こうしてうちではジャム作りをしていた。


それが終わった夕方。子供が何人かやってきた。

「すみません。ミーニャのおばさん」

「おやおや、どうしたの」

優しく話しかけるメルンさんだけど事情を知っているだけに苦笑いだ。

「あれ、なんか甘いような匂いしない？」

「気のせいだろ」

「そっか、それで怪我しちゃって」

「なんだっけ、ミーニャとラニアを守る戦争なんだっけ？」

「そうだよエド。俺たちはエドのうんち戦争って呼んでる」

「へぇ」

そんな変な名前だったのか。まるで俺が主犯みたいじゃないか。甘い匂いはイチゴジャムだけど誤魔化《ごまか》しておいた。

その子を見ると確かに腕に木の枝が直撃したのか、少し青アザになっている。

「神の癒しを——サクラメント・ヒール」

おお、例の神聖魔法だ。アザはどんどん小さくなっていって、すぐに治った。

「ありがとうございます。あのお礼とかできなくてすみません」

「いいのよ。でも少しは気をつけてね」

「はーい」

他の子も治してしまうとみんな出ていき家の中が広くなる。

スラム街のラニエルダでは今も北と東の抗争が続いていた。

チャンバラごっこは毎日やっているらしく、皮肉なことに少しずつみんなうまくなっていて、剣術の実戦訓練の様相を呈《てい》してきた。

大人たちも様子を見ているが、中には冒険者崩れの人もいるため、なぜかたまに指導したりしている。まったくなにやってんだか。

しかしたまに怪我人が出て、うちのメルンさんのお世話になっているのはご覧の通り。

子供たちの怪我の治療は軽いものであればメルンさんの場合、無料でしてもらえる。

うちからしたら収入が減ってしまうが、スラム街はお互い支えていかないと成り立たないのだ。

これくらいのことは社会貢献ということになっていた。


俺たちは夕方、冷えたイチゴジャムを納品しにドリドン雑貨店へ向かう。

「ドリドンさん」

「ああ、エド。そろそろイチゴジャムか？」

「えへへ、そうです」

「六千ダリル、手取り五千ダリルでいいか？」

「もちろんです」

がっしり握手を交わす。

ビンに詰められた赤い物体をしげしげとひとビンずつ眺めるドリドンさん。数量は前回と同じ、全部で二十ビンほどあった。ノイチゴは集中して採ると結構な量になるのだ。

俺はうはうはなので、頬《ほお》が緩む。

「お、エド、今日は一段と悪い顔してる」

「ドリドンさんだって暗黒微笑《あんこくびしょう》じゃないですか」

「失礼な。俺はいつだって営業スマイルだよ、あはは」

お互いこれが売れればかなりの儲けになる。

最近は風向きがいいので、売れないこともないし、金貨は約束されたようなものだった。

「にひひ」

「あはは」

二人で笑いあう。他から見たら少し怖いかもしれない。

「エド、ちょっと怖い」

ほらミーニャに言われちゃった。

「ふふふ」

ラニアは優しく笑った。彼女は金貨ではなく俺の顔を見て笑ったのだろう。

暗黒微笑ではなかった。ラニアの微笑みはなんだか天使のようなかわいさがある。

「おう」

俺はそれを見て照れてしまい、ぶっきらぼうに返すのだった。

くそっ、かわいいじゃねえか。頬をぽりぽり掻いたりしてみる。

まだかわいい顔で目を丸くして俺を見てくるので、やられてしまいそう。

「うにゃぁ」

ミーニャもよくわかっていないような顔をして笑っている。

こっちもかわいいから、なんでもいいや。

そして日は過ぎて、次の火曜日。

「そっち行ったぞ」

「追え、追え」

「うりゃあああ」

「んだとおおおおお」

「ていやぁ」

「うわぁ、やられたぁ」

朝の支度の時間帯が終わって早々、ラニエルダに子供たちの声がする。

「一人になるなよ。ペア以上で行動するんだ」

「「おぉおお」」

一週間前の火曜日。俺が腹が痛くて、ミーニャが外で『エドのうんち』と言われた元凶の日だ。

あれから一週間、ついにラニエルダのあちこちでチャンバラごっこが繰り広げられて、いつもより激しい衝突が起きていた。

朝一から攻め込まれたらしく、東地区の中でバラバラに戦闘が発生していた。

しばらくすると俺たちの周辺は静かになってきた。

「今のうちにラニアと合流しよう」

「うんっ」

俺もミーニャも冒険者の正装だった。服を着て胸当てを装備して武器を持つ。

「気をつけて行ってらっしゃい」

「「はーい」」

いつものようにメルンさんに注意を受けて家を出る。

子供の声がしない。いつもより逆に静かで、なんだか気味が悪い。音が全くしないわけではないが音が遠い。あっちのほうで何かしているのだろう。駆け足でラニアの家に向かった。

「ラニア、いるか、大丈夫?」

「エド君、大丈夫」

家からラニアがすぐ出てくる。青と白のワンピースだ。

それに胸当て、そして黒い魔法の杖を持っている。完全装備だ。

北地区の方向に進む。途中で負傷して戻ってくる子供を捕まえて事情を聴く。

「ああ、エド。朝から東地区に攻め込まれて、なんとか押し返したんだ。で逆に北地区に攻め込んだまではよかったんだが、向こうもしぶとくてな。また反撃にあって今また中間地点で集まりだしてる。あそこで全員が衝突したらヤバいかも」

「そうか、情報ありがとう」

負傷した子は左腕を少し傷めたようだけど軽症だ。右手には木の棒を持っていた。

一度戻ってメルンさんのお世話になるんだろう。ミーニャも俺も実はヒールを使えるんだが、まあいっか。一応、黙っておこう。この世界にはヒール使いはあまりいない。

レアというほどではないが少数派なのは確実だと思う。便利だし重宝がられる。

中央の緩衝地帯に到着した。いつぞやの再現のように、向こう側に北地区の軍勢が、こちら側に東地区の軍勢が並んで睨み合っていた。

「おぉおおおお」

「うぅうぅうう」

この前より鼻息を荒くして、興奮度も高い。危険な兆候だ。戦闘になると子供といえども集団心理で手をつけられなくなる可能性がある。一週間、真面目に戦闘した彼らは前よりずっと強い。

怪我するかもしれないし最悪、死亡する可能性もないわけじゃない。手にしている木の棒もただの枝から削り出しの木刀に近いものにアップグレードされている子が多い。

いつだったかドリドンさんが言っていたはずだ。

『木刀舐めちゃダメだよ。殺傷能力はある』

冷や汗が俺の首筋を伝っていく。この緊張感は半端ではない。

そこに張本人の俺たちまでいるんだからテンションは最高潮に達している。

「エド、ミーニャ、ラニア!」

俺たちの名前を向こう側の一人が呼ぶ。

「今日こそ、決着だ。みんなかかれ!」

「「うぉぉおおおおおおお」」

敵の子供が一斉に木刀を振り上げて襲いかかってくる。

「ヤメテ！」

ラニアの必死の叫び声が聞こえるものの、それを無視して進んでくる。

「うおおぉおお」

「ていやぁ」

「うりゃぁあ」

戦端が開かれてしまった。この状態から負傷者を出さずに収拾するのは、至難の業に思われる。

いくら俺たちでも、攻撃はできても、人を黙らせる魔法とかは使えない。

「ヤメテエエエ。『ファイアボールぶつけんぞ』って言ったわよね！　忘れたなんて言わせないわ」

ラニアが完全にキレている。ちょっと怖い。

訂正。普段おとなしいだけあって、めちゃくちゃ怖い。

「紅蓮《ぐれん》の炎よ我が手の前に集いたまえ――ファイアボール」

火の玉が、ラニアのすぐ前に出現する。

でかくなっていく。

あれ、なんかでかくね。

あれ、めっちゃでかいんだけど、これみんな死んじゃいそう。

「みんなヤメテエエエ。うわああんん」

ボオオォオと炎が燃える音がする。何が燃えてるのかわからないけど、ここまで熱気が飛んできて顔が熱い。ファイアボールは敵陣に命中……ということは幸いにもなくて、空を飛んでいく。

その巨大な火の玉は空中で爆発四散した。炎の玉から出る熱線が俺たちに降り注いだ。

「あぅちち」

「熱ぃ」

熱さはみんな感じたのだろう。

一斉に戦闘をやめ、その巨大なファイアボールを見て、戦意を喪失した。

「おっおう」

俺も言葉がない。腰を抜かした子。顔が真っ白になって突っ立ったまま動かない子。おしっこをちびってズボンが濡《ぬ》れてる子。一斉に戦闘を放棄して静かになった。

「あれは、ヤバいな」

「ああ……死ぬかと思った」

「ラニアちゃんファイアボールぶつけるってマジだったのか」

「怖い」

こうして戦闘は終結することとなった。

恋煩《こいわずら》いからからかったのが始まりだったのだが、その恋もどこかへ吹き飛んでいったらしい。

向こうのリーダー格の『三番目の子』は、なにやら憑《つ》き物が落ちたようなすっきりした顔をしていた。

「俺たちの負けだ。東地区にじゃねえよ。ラニアの一人勝ちだ。俺は立派な騎士になるまでおとなしくしてる」

「ああ、それがいいぞ」

「だな」

戦意を完全に消失した北地区、東地区御一行様のうち怪我をした子もいた。

俺たちはヒールを解禁することにした。

「んじゃ怪我した奴、俺とミーニャの前に並んだ、並んだ。ヒールしてやる」

「おっお前、ヒール使えたのか」

「誰かと思ったら元凶のエドじゃねえか」

元凶とか言うなよ、俺のせいではない。

どいつもこいつもミーニャの前に並んだ。一部、恋とは縁遠そうな子供は俺のほうに来て素直に治療されていった。負傷した子はミーニャに手を取られると表情を崩してうれしそうにする。

どこか痛いのだろうに、よくやる。

「大丈夫？　今ヒールするね」

「うん」

「癒しの光を――ヒール」

ミーニャがヒールを唱えると緑色の光に包まれて幻想的でさえあった。綺麗《きれい》なミーニャの金髪が映える。こうして見ると聖女様だな。スラム街の子供たちの聖女様だ。

みんなが惚れてしまうのもしょうがない。

「いいなぁ」

「ああ」

とくに怪我もない子はそれを羨《うらや》ましそうに見ている。

こうして争いは完全に終わることになった。本当にファイアボールをぶつけられたらヤバい。全会一致だ。

そして不名誉なことに『エドのうんち一週間戦争』と名付けられたのだった。

またの名として密かにこう呼ばれた。

『ファイアボールの戦乙女《いくさおとめ》ラニアちゃんとヒールの聖女ミーニャちゃんの尊厳を守るための一週間戦争』

まああれだ、酒は飲まないが酒場の話のネタみたいなものだ。

俺？　俺が剣で斬りかかったら相手はマジで死んでしまう。

この世界の剣は西洋刀風の諸刃《もろは》の剣なので、剣の腹で攻撃するならともかく、峰打ちができない。

訓練ならいいけど、本気戦闘での非致死戦闘は俺に向いてない。

閑話　トライエ領主一家の晩餐

とある日曜日、夕刻。

トライエ市にも領主がいる。メルリア王国ゼッケンバウアー伯爵。

ゼッケンバウアー伯爵領の領都がトライエ市だ。

スラム街ラニエルダはこのトライエ市の市外すなわち城壁の外にある。

雑多な都市であったトライエを強固な城塞《じょうさい》都市に造り替え、その城壁内に市制を敷いた。これをもって「トライエ市」と呼び習わす。それもかれこれ五十年以上前の話だという。現伯爵の先々代のころらしい。

しかし城壁内は決して広いとはいえない。

野菜は多くを外の農村から輸入している。そして肉はいつも不足していた。


領主トーマス・ゼッケンバウアーは今日の夕食が運ばれてくるのを眺めていた。

すでに食堂の祭壇には聖水、白パン、干し肉がセットで置かれている。

「ラファリエール様へ、日々の感謝を捧《ささ》げます」

「「毎日、見守ってくださり、ありがとうございます。メルエシール・ラ・ブラエル」」

領主の低い声に続き、奥様と子供たちも聖句を唱える。

奥様のキャシー、十歳の長女マリエール、六歳になる次女エレノアだ。

「領主様、本日のパンにはこちらのノイチゴジャムをお使いください」

「ノイチゴか、ジャムになるのか？　見たことがないんだが」

「はい。騎士の一人が城下で見つけまして、お土産に持ち帰ったものです」

「ほう？」

「なんでも東門の外にあるドリドン雑貨店なるお店に数量限定で売られていたそうです」

イチゴは市内にも生えているには生えているが、ジャムをビンに詰められるほどに群生はしていない。そのためリンゴジャムやブドウジャムは見たことがあるが、ノイチゴジャムは見たことがなかった。

外のスラム街と河川敷には生えているが、市内の人間にとって城門の外というのはモンスターが出る危険地帯という認識なのだ。

よくそんなところにスラム街の人は住んでいると、内心は思っている。

「ふむ、どれ」

領主はパンにジャムをたっぷり塗った。半透明の真っ赤なイチゴジャムは見るからに美味《おい》しそうだ。それを見て奥様と子供たちも真似をしていっぱいジャムを塗った。

「ノイチゴは子供のころ、よく採って食べたな。うん、実にいい匂いがする」

「ふふ、小さいころを思い出しますわね、トーマス」

「ああ」

領主の言葉に奥様が応える。

領主館には広い庭があり、一部にノイチゴも自生していた。これらは意図的に残されており、主に子供たちのおやつになる。二人は小さいころ一緒にノイチゴを採って食べたことがあるのだ。今ではイチゴのように甘酸っぱい思い出だろう。

まとめて採ってジャムにするという発想はなかったし、それほどたくさん一度には実らない。食べるといっても、一粒ずつなので量は少ない。イチゴジャムを塗ったパンを食べる。

「うむ、うまいな。甘味と酸味のバランスが素晴らしい」

「美味しっ。お父様、これ、すごく美味しいです。イチゴの味が口いっぱいに広がって、まるで楽園です」

「もうエレノア。そんなに？　んんんっ、本当、すごい、美味しいわ」

エレノアもマリエールもそのイチゴの味に目を見張る。一粒口に入れたときよりも、ずっと濃厚で風味が豊かだったのだ。リンゴのジャムも食べたことがあるが、これでもかと入れてある砂糖に負けていて、砂糖漬けのようになっていた。

それも悪くはないが、砂糖の塊を食べているようで、めちゃくちゃ甘くて、風味もなにもない。

これはまるでイチゴに包まれるような香りがたまらない。甘さも控えめであり、領主が言ったように酸味と甘味の絶妙なハーモニーは食べたことがないほどだった。

そしてサラダなどを食べて、メインディッシュとなった。

「領主様、本日は大イノシシのヒレステーキにございます」

「ほう、もう鶏肉には飽きてきたからな。それはいい知らせだ」

鶏肉に飽きたというのも、他の都市からしたら贅沢《ぜいたく》な話だった。

ブタ肉もたまに食べられているが都市内のブタの数は少なく、潰《つぶ》すのを飼い主が渋るため、めったに口にすることはない。これは領主であっても同じだ。

領主が数少ないブタ肉を独占しているなどと噂《うわさ》になったら、後ろから刺されてもおかしくない。食べ物の恨みは怖いのだ。代わりに何の肉かよくわからない輸入物の干し肉が幅を利かせている。

干し肉は多くがヒツジ肉と言われているが、実際には魔物肉も少なくない量が流通している。中には食べるには勇気のいる魔物肉も交ざっているのが真実らしい。

領主の食事に干し肉ばかりというわけにもいかないのが見栄《みえ》というものだし、料理長のプライドでもある。


八年前、エルダニアがモンスターのスタンピード――暴走によって壊滅した。

エルダニアの多くの領民が周辺の街に避難民として流れてくることになった。

南方であり隣の都市であるトライエ市にも多くの避難民が集まってきた。

炊き出しなどの緊急措置はトーマスの指示のもと行われたが、治安の悪化を恐れて市内、つまり城内への避難民と思われる人々の立ち入りを制限した。当然として城門前に取り残された避難民は、いたしかたなく城門の外にあばら家を建てて生活するようになった。

食料の配給は長く続いたが、しだいにイルク豆に一本化された。

しかししわ寄せは市内にもおよび、食料不足は深刻だった。特に肉類は非常に制限されていた。

そこでトーマスは領主主導でニワトリ小屋を建設して、卵および鶏肉の生産を強化した。

卵を産ませるためにメス鶏を飼育したいのだが、ヒナの雌雄の見分けは困難だった。

雌雄混在のヒヨコを育てることになり、結果として余ったオス鶏は鶏肉にされた。それが鶏肉の生産のすべてなので、領主館以外では冒険者ギルドなど少数の店にしか流通していない。

領主はその鶏肉を毎日のように食べられるため、贅沢ではあるがもう飽きてしまっている。

冒険者ギルドの酒場では唐揚げ定食は五百ダリルという一番安い値段の定食で食べられるが、これは領主の支援があって実現していることだった。当初は早い者勝ちであったが、いつの間にか若い新人冒険者に優先するという不文律ができ、ベテランはめったに注文することはない。

ベテランは代わりに少し高いラビットの唐揚げ定食などを注文している。

値段はラビットのほうが高いのに、鶏肉のほうが好きな冒険者も多い。

「ヒレステーキは最高だな」

「はい。これも冒険者が近くの森でイノシシを仕留めてきたものです。なかなかの大物であったと聞きます。さぞかし腕のいい冒険者なのでしょう」

執事の返答に満足そうに領主は頷《うなず》いた。

「ふむ、そうか。定期的にイノシシ狩りをしてほしいものだ」

「お肉柔らかくて美味しいね、お姉ちゃん」

「そうね。鶏肉以外のお肉もこうして食べられるのはいいことだわ」

姉妹もご満悦の様子で最高部位のお肉を堪能したのだった。エドたちが狩ってきたイノシシ肉はこうして領主の食卓に上り、領主一家のお腹を満足させるのに大いに役立ったという。

エピローグ　日常。ギョウザとすいとん

水曜日。朝ゆっくり起きる。

「エドぅ、すきぃ」

「あーうん、はいはい、ミーニャ」

「にゃっ、エド、おはよう」

「ミーニャ、おはよう」

ミーニャの好き好きエド攻撃を受けたあと起きる。今日はまだ外が静かだ。

エドのうんち一週間戦争が終わったのだと実感する。

最近は朝からなにやら声が聞こえていたからな。みんな無駄に早起きなんだから。

「朝はギョウザにしよう」

「ギョウザ？」

「うん」

小麦粉は購入済みだ。小麦粉を水で練って丸めておく。少し置いておく間に具を作る。

イノシシ肉を細かく刻んでおく。しかし細かすぎないようにするのがポイントらしい。ちょっと形が残ってるくらいのほうが食べ応えはある。

それにネギ、タマネギ、タンポポ草《ソウ》、少量のショウガと塩を入れる。タネを混ぜる。

小麦玉から一つ分をちぎって丸めたあと押し潰《つぶ》して広げてギョウザの皮にする。

そこにタネを適量のせて、包んでいく。それからギョウザっぽい耳を作って、はい一個できた。

「なにこれ、面白い形」

「そうだな」

「ミーニャ、そうだ、まだ食べてないといいんだけど、ラニア呼んできて」

「はーい」

家は近所だし大丈夫だろうたぶん。

ミーニャを一人で行かせるのは若干不安だけど、日が昇った後だし治安はそこまで悪くない。

一年以上前なら奴隷目的の誘拐などもあったけど、今はなくなった。

この前の大イノシシ戦で俺たちはレベルアップを三つした。今レベルいくつなのか忘れちゃったけど、その辺のザコよりは強いと思う。ミーニャだってそうだ。

いろいろ考えているうちにどんどんギョウザを作っていく。

「よし、焼くぞ」

鍋に水を入れて蒸しギョウザと焼きギョウザの中間くらいの仕上げにする。

「ギードさん、どうです？」

「なんだか昔食べた料理に少し似ている。あれは高級料理だったと思う」

「そういうご身分なんですか？」

「えっ、ああ、まぁ、昔のことだ」

「ほーん」

ギードさんたちは貴族か何かなのだろう。エルフの貴族といえば超上流階級だ。

なんでそんな人が最底辺のスラム街などに流れ着いたのか。

「ただいまぁ」

「おかえり」

「おじゃまします」

ラニアがやってきた。朝から明るい青髪が美しい。笑顔もまぶしい。

この笑顔が俺に向けたものだという事実に、胸がドキドキしてくる。

「どうしたのエド君？」

「いんや、なんでもない」

「うふふ」

「にゃぁ」

二人ともかわいいから俺はお得だ。

「はい、ギョウザできました」

「なにこれ」

「面白い形してますね」

みんなで地面に車座になる。

「ラファリエール様に感謝して、いただきます」

「「いただきまーす」」

スプーンでギョウザをひょいっとすくって口に放り込む。

ん～～。

醤油《しょうゆ》はないので、タレは塩とオリーブオイルに香草を入れたものだけど、なかなかに美味《おい》しい。

中から肉汁《にくじゅう》と肉の旨味《うまみ》と野菜のハーモニーがあふれ出てくる。

「美味しいぃ」

「美味しい、です」

二人ともご満悦。向こう側ではギードさんとメルンさんもよろこんでいる。

小麦粉があるだけで、いろいろできると思い出してよかった。

小麦粉なんてパンかパスタにするくらいだと思っていたけど、ギョウザもできるのだ。

今日は休憩も兼ねてお出かけはなしで、家でスプーン作りに集中しよう。

ミーニャとラニアには籠《かご》作りをしてもらう。治療のお客さんがいないときにはメルンさんも籠を作っている。

みんな集中しだすと部屋の中に作業の音だけがする。俺はこういう雰囲気もけっこう好きだ。

職人というか手工業はこの世界では主力産業なので、これが世界を支えていると思うと、なんかファンタジーのロマンのような気分になってくる。

やるかはともかく鍛冶《かじ》作業とかにも憧れがある。

さてお昼になった。

「んじゃお昼はスープにしよう。『すいとん』なんだ」

「すいとん？」

「うん」

ミーニャが聞きなれない単語を復唱するがいまいちピンとこないようだった。

塩とキノコと野菜の出汁《だし》のスープを作る。さらにやはり小麦粉と水を混ぜて丸めたものをちぎって一口サイズの団子にしてスープに入れていく。

「これがすいとんなの？」

「面白いですね」

「あぁ」

スープに小麦粉のすいとんが投入されて具だくさんに見える。

うちのスープはこの前から具だくさんだがその辺は気分の問題で。

「ふぅん」

ミーニャが関心があるんだかないんだかわからない返事をする。

「「いただきます」」

お昼を食べる。

「もちもちとして美味しいね」

「そうね。これがすいとんというんですね」

もっちもっちとよく噛《か》んですいとんを食べる二人。

小麦粉を練っただけだけど、ちょうどいい茹《ゆ》で加減で美味しい。

パンともパスタとも違う。ギョウザの皮に少し似ているがすいとんはそれ自体がメインの具だ。

「こういうのもいいね」

ミーニャの素直な感想だった。豆以外の主食は俺たちにはわりと新鮮だ。

この日、ギョウザとすいとんの小麦粉料理が俺たちの食卓に追加された。

小麦粉を手に入れてからすぐにやるんだった。こうしてまた少し食生活が豊かになった。やったぜ。

午後もスプーン作りだ。いかに少ない作業で綺麗《きれい》な削り出しができるか、試行錯誤が続く。

まだまだこの作業に関しては素人同然なので頑張っていきたい所存。

材料の拾ってきた枝はまだまだある。

野草とキノコの採取。果物の各種ジャム。ゴブリンと一角ウサギ。武器防具の購入。色のついた服。ウサギとニワトリの唐揚げ。小麦粉の購入でギョウザやすいとんも作った。

豆だけ生活から、ちょっとずつ俺たちの生活は豊かになっている。

こうして日々の日常を過ごして、目指せ『スラム街からの成り上がり』。

MFブックス

異世界転生スラム街からの成り上がり ~採取や猟をしてご飯食べてスローライフするんだ~ 1

2023年4月25日　初版第一刷発行

著者　滝川海老郎
発行者　山下直久
発行　株式会社KADOKAWA
〒102-8177　東京都千代田区富士見2-13-3
0570-002-301(ナビダイヤル)
印刷・製本　株式会社広済堂ネクスト
ISBN 978-4-04-682201-7 C0093

企画　株式会社フロンティアワークス
担当編集　福島瑠衣子(株式会社フロンティアワークス)
ブックデザイン　鈴木 勉(BELLS'GRAPHICS)
デザインフォーマット　ragtime
イラスト　沖史慈 宴

本書は、カクヨムに掲載された「異世界転生スラム街からの成り上がり　~採取や猟をしてご飯食べてスローライフするんだ~」を加筆修正したものです。

ファンレター、作品のご感想をお待ちしています

宛先
〒102-0071　東京都千代田区富士見2-13-12
株式会社KADOKAWA　MFブックス編集部気付
「滝川海老郎先生」係「沖史慈 宴先生」係

二次元コードまたはURLをご利用の上
右記のパスワードを入力してアンケートにご協力ください。

https://kdq.jp/mfb
パスワード
x7sb2

● PC・スマートフォンにも対応しております(一部対応していない機種もございます)。
●アンケートにご協力頂きますと、作者書き下ろしの「こぼれ話」がWEBで読めます。
●サイトにアクセスする際や、登録・メール送信時にかかる通信費はご負担ください。
● 2023年4月時点の情報です。やむを得ない事情により公開を中断・終了する場合があります。